EEN PARTNER TOEGEWEZEN GEKREGEN

INTERSTELLAIR BRUIDSPROGRAMMA: BOEK 2

GRACE GOODWIN

Een Partner Toegewezen Gekregen
Auteursrecht © 2021 door Grace Goodwin
Interstellaire Bruiden® is een geregistreerd handelsmerk

van KSA Publishing Consultants Inc.

Alle rechten zijn voorbehouden. Geen enkel deel van dit boek mag worden gereproduceerd of overgedragen in welke vorm of op welke manier dan ook, elektronisch, digitaal of mechanisch, inclusief maar niet beperkt tot fotokopiëren, opname, inscannen of door middel van welk type dataopslag- en zoeksysteem dan ook, zonder uitdrukkelijke, schriftelijke toestemming van de auteur.

Gepubliceerd door KSA Uitgevers
Goodwin, Grace
Omslagontwerp auteursrecht 2021 door Grace Goodwin
Afbeeldingen/Fotokrediet: Deposit Photos: asherstobitov, frenta

Opmerking van de uitgever:
Dit boek is geschreven voor een volwassen publiek. Het boek kan expliciete seksuele inhoud bevatten. Seksuele activiteiten in dit boek zijn louter fantasieën, bedoeld voor volwassenen en alle activiteiten of risico's genomen door fictieve personages in het verhaal worden niet goedgekeurd of aangemoedigd door de auteur of uitgever.

1

Mijn geest was wazig, alsof ik net wakker werd of te veel alcohol in mijn lichaam had. Maar de mist werd snel verdreven door een sensatie. Ik was naakt en voorovergebogen over een soort harde bank. Mijn borsten wiegden onder me bij elke krachtige stoot van de penis van een man diep in me. De uitrekkende hitte dwong een kreun uit mijn mond en ik sloot mijn ogen om te genieten van de manier waarop mijn strakke poesje zich om zijn dikke lengte klemde en krampte. Hij stond achter me en ik verlangde ernaar zijn gezicht te zien, om te weten wie me zo'n genot kon bezorgen.

"Ze lijkt het lekker te vinden om op zo'n manier geneukt te worden. De meesten houden er niet van om voorovergebogen en vastgemaakt te worden aan een paal." Een diepe mannenstem sprak van ergens achter me, maar ik was te zeer afgeleid door het ruwe glijden van de enorme lul in en uit mijn lichaam om hem te zoeken. Hij was niet de man die me neukte, en dus was hij niets voor mij. Niets. Alleen mijn meester telde.

Meester? Waar kwam die gedachte vandaan?

"Ja, haar poesje is ongelooflijk strak en druipend nat. Vind je het lekker om zo genomen te worden, *gara*?" De tweede stem was nog dieper en kwam van achter me, recht achter me.

Hij had me een vraag gesteld, maar het enige wat ik kon doen was kreunen bij de manier waarop hij me ongelooflijk wijd spreidde. Ik was nog nooit gespiest door een penis van deze grootte. De harde hitte kwam diep in me met elke harde klap van zijn heupen tegen mijn kont. Het geluid van huid tegen huid, van mijn nattigheid die zijn krachtige passage versoepelde, vulde de kamer. Hij veranderde zijn hoek, zijn harde eikel wreef ergens diep naar binnen en ik jammerde. Zijn penis was als een wapen, een instrument waartegen ik machteloos stond.

Hoe was ik hier gekomen? Het laatste wat ik me herinnerde was dat ik op aarde was, in het verwerkingscentrum.

Nu was ik vastgebonden op een soort standaard met vier poten, mijn enkels aan de ene kant en mijn handen aan kleine handvatten aan de andere kant. Het was zo smal dat mijn borsten naar beneden hingen, zodat iets wat ik niet kon zien aan mijn tepels kon trekken. De combinatie van pijn en genot was als een elektrische stroom die rechtstreeks naar mijn clitoris werd gestuurd en ik hijgde bij de scherpe sensatie. Bij elke diepe stoot drukte mijn clit tegen iets hards onder me, iets dat met me mee bewoog terwijl zijn penis in me stootte. De vibraties onder mijn clit veroorzaakten een orgasme dat zich opbouwde tot ik me voelde als een tikkende tijdbom. Het zweet brak uit op mijn huid en ik klampte me vast aan de standaard alsof dat het enige was wat me ervan weerhield om weg te vliegen. Ik was er niet helemaal zeker van dat ik de explosie zou overleven.

"Ze knijpt in mijn penis," gromde de man en zijn bewegingen werden minder methodisch, alsof hij zijn gevecht tegen zijn pure behoefte om zich in mij te nestelen aan het verliezen was.

"Goed zo. Laat haar hard klaarkomen, zodat ze zachter wordt en je zaad accepteert. Je zou haar zonder uitstel moeten kunnen bevruchten."

Voortplanting?

Ik opende mijn mond om te vragen waar ze het over hadden, maar die enorme penis stootte in me en een warme hand kwam achter in mijn nek te liggen en hield me vast, ook al kon ik nergens heen. Ik voelde het als een symbolisch gebaar, dat ik onder zijn controle was en niets kon doen. Ik had moeten schreeuwen of vechten, maar die hand werkte als een uitknop en ik hield me volledig stil, wachtend op zijn volgende stoot.

Dit moment, deze man... dit was vast niet meer dan een droom. Ik zou *nooit* seks hebben als iemand anders toekeek. Ik zou me nooit op zo'n manier laten vastbinden. Nooit. Dit kon niet echt zijn. Ik zou deze ruwe behandeling niet toestaan. Ik was een arts, een genezer. Zeer gerespecteerd en niet zonder vermogen. Ik was een vrouw met macht. Ik zou me hier nooit aan onderwerpen...

Als om me te beledigen, stootte hij met extra kracht tegen me aan en een sterke hand landde met een klap op mijn blote bil. De brandwond verspreidde zich als hete boter die in mijn vlees smolt, de hitte reisde in een rechte lijn naar mijn clitoris. Hij gaf me nog een klap en ik klemde mijn tanden op elkaar om een gil van genot tegen te houden.

Wat gebeurde er met me? Vond ik het *leuk* om geslagen te worden?

Nog een harde klap, nog een steek van pijn en tranen sprongen uit mijn ogen terwijl ik vocht om mijn kalmte te bewaren. Ik was een professional. Ik gaf me nooit over aan paniek of druk. Of plezier. Ik verloor nooit de controle.

Gebruik makend van jaren training en discipline dwong ik mijn geest om mijn omgeving in de gaten te houden. Ik herkende niets, niet de zachte amberkleurige verlichting, de dikke tapijten op de vloer, de vreemde zandkleurige muren, of de geur van amandelen en iets vreemds exotisch dat van mijn eigen huid naar me toe dreef. De glanzende weerkaatsing van mijn normaal zo bleke huid deed het lijken alsof ik was ingesmeerd met geparfumeerde olie. Die geur - en de kleverige muskus van het neuken - zweefde om me heen in de warme lucht.

Verwarring vulde mijn geest, maar ik kon me niet concentreren op de kamer, of uitvinden hoe ik hier gekomen was, want met elke hijgende ademhaling vulde een harde penis me tot op het randje van pijn, dichtbij genoeg dat de scherpe ondertoon ervan alleen maar bijdroeg aan de sensaties die mijn geest en lichaam overspoelden. Ik werd verteerd door genot. Mijn hele bewustzijn kromp ineen tot er niets anders was dan de druk van mijn huid tegen de standaard, de hand in mijn nek die me als een tevreden kat op zijn plaats hield, de trekkende bewegingen van wat voelde als kleine gewichtjes die aan mijn tepels vastzaten, mijn poesje dat zich vastklemde aan de penis die me vulde, me opeiste. Me bezat.

Seks was nog nooit zo goed geweest met welke man ik ook was geweest. Ik kon niet zien wie me neukte, maar er was geen twijfel dat het een *man* was.

De greep in mijn nek verdween en ik voelde twee grote handen op mijn blote heupen, de vingertoppen drukten in mijn ronde vlees. Omdat ik geen van beide mannen kon zien, moest dit wel een droom zijn. En ik wilde niet dat het eindigde. Ik wilde zo graag klaarkomen dat ik om bevrijding zou smeken.

Ik had nog nooit een seksdroom gehad. Ik had nog nooit zoiets gedroomd als dit, waar de droom *zo* echt leek, *zo* goed voelde. Het kon me niet schelen, ik wilde er niet meer aan denken, want de trillingen tegen mijn clitoris versnelden.

"Ja!" riep ik, terwijl ik probeerde mijn heupen naar achteren te duwen om de ongelooflijke penis nog dieper te nemen. "Niet stoppen, alsjeblieft, oh, God!"

Dat deed hij niet. Als de verrukkelijke droom die het was, kwam ik klaar. De vibraties op mijn clitoris duwden me over het randje, maar het was de penis die me vulde die het genot liet doorgaan en doorgaan tot ik het niet meer aankon.

De man die me neukte spande zich, zijn vingers groeven zich in mijn heupen terwijl hij zijn eigen bevrijding brulde. Ik voelde zijn hete zaad diep in me. Terwijl hij me door zijn orgasme heen bleef neuken, sijpelde de warme, kleverige vloeistof uit mijn poesje en langs mijn dijen naar beneden. Ik zakte over de standaard, verzadigd en voldaan. Het laatste wat ik hoorde voordat ik teruggleed in de duisternis van mijn dromen was: "Ze zal het doen. Breng haar naar de harem."

Ik vocht om weer bij bewustzijn te komen en wenste dat ik dat niet had gedaan. Een strenge jonge vrouw zat tegenover me in de kleine onderzoekskamer. Ze leek ongeveer van mijn leeftijd en zou knap zijn geweest, ware het niet dat ze met dunne lippen en een onsympathieke blik keek. Ze droeg een strak bruin pak en hoge hakken en hield een computertablet op haar schoot. Met haar lange haar strak in een knot, zag ze eruit als een zakenvrouw, niet als een medisch specialist. De kamer waarin ik me bevond leek op een ziekenhuiskamer, met medische apparatuur die op mijn lichaam was aangesloten om mijn hartslag, hersenactiviteit en enzymengehalte te controleren. Mijn lichaam zoemde nog na van de kracht van mijn bevrijding en ik schaamde me om te merken dat de onderzoeksstoel waar ik op vastgebonden zat, doorweekt was onder mijn blote kont en dijen, de nattigheid veroorzaakt door mijn opwinding. De gewone, korte grijze jurk die ik droeg was bedekt met het logo van het Interstellaire Bruidsprogramma, en was net als alle andere standaard medische kleding open aan de achterkant. Zoals verwacht, was ik naakt voor de behandeling.

De vrouw had de zure uitdrukking van iemand die gewend was om te gaan met gevangenen die echt schuldig waren aan hun zielloze misdaden. Haar donkerbruine uniform had het felrode insigne en drie woorden in glinsterende letters op haar borst die me het koude zweet deden uitbreken.

Interstellair Bruidsprogramma.

Moge God me helpen. Ik ging naar een andere wereld, de aarde achterlatend als een postorderbruid. Het concept was eeuwen geleden al nuttig geweest, maar werd nieuw leven ingeblazen om aan de huidige interplanetaire behoeften te voldoen. Als één van deze postorderbruiden zou ik gedwongen worden te neuken en baby's te maken met een buitenaardse leider van een planeet die waardig werd geacht door de interstellaire coalitie die nu de aarde beschermde. Een buitenaardse man die de rang en het recht had verdiend om een bruid op te eisen van één van de beschermde lidwerelden. Aangezien de aarde de nieuwste planeet was die aan de coalitie was toegevoegd, bood zij nu de vereiste duizend bruiden per jaar aan. Er waren zeer weinig vrijwilligers, ondanks de royale vergoeding die werd toegekend aan een vrouw die moedig - of wanhopig - genoeg was om zich als bruid aan te bieden. Nee, de meeste van de duizend bruiden die de wereld uit werden gestuurd waren vrouwen die veroordeeld waren voor een misdaad, of zoals ik, gedwongen waren te vluchten. Om zich te verbergen.

"...je zou haar zonder vertraging moeten kunnen bevruchten." Die ruwe, harde stem dreunde door mijn hoofd. Dat was maar een droom geweest, toch? Maar waarom zou ik *dat* dromen?

"Juffrouw Day, ik ben Warden Egara. Ben je je bewust van je plaatsingsmogelijkheden? Als veroordeelde moordenaar, verlies je alle rechten behalve het recht om namen te geven. Je mag een wereld noemen, als je dat wilt, en wij kiezen je partner uit die wereld, gebaseerd op je beoordelingsresultaten. Of je kunt afzien van het recht op naamgeving en de resultaten van de psychologische beoordeling accepteren. Als je voor deze optie kiest, zul je naar de wereld en de partner worden gestuurd die het beste bij je psychologische profiel past. Als je je ware partner wilt ontmoeten, raad ik je ten zeerste aan de tweede optie te kiezen en de aanbevelingen van de koppelingsprocessors op te volgen. We hebben al honderden jaren bruiden en hun partners bij elkaar gebracht. Welke zal het worden?"

De stem van de vrouw was nauwelijks hoorbaar en ik trok aan de handboeien die mijn polsen aan mijn zijden vasthielden. Hoewel ik had gehoord van andere planeten, kende ik niemand van een andere wereld, zeker geen partner. Op aarde kon een vrouw haar eigen vriendjes, minnaars of echtgenoten kiezen. Maar een buitenaardse partner? Ik had geen idee waar te beginnen. En zelfs als ik een wereld koos, zou mijn echte partner uitsluitend worden bepaald door de psychologische analyse van het Interstellaire Bruidsprogramma. Zou ik een wereld kiezen? Ik zou maar een paar maanden weg zijn, niet de rest van mijn leven. Wat maakte het uit? Ik was niet eens echt Evelyn Day.

Het was mijn nieuwe identiteit. Mijn echte naam was Eva Daily en ik was ook niet echt een moordenaar. Ik was onschuldig, maar dat deed er niet toe. Niet meer. Het deed er niet toe dat dit allemaal een klucht was, een manier om me in leven te houden tot er een datum voor een proces kon worden vastgesteld en ik kon getuigen tegen een lid van een van de machtigste misdaadorganisaties op aarde.

Ik was een gerespecteerde dokter tot ik getuige was van een moord achter een gordijn op de spoedafdeling van het ziekenhuis. Het bleek dat ik de enige was die de moordenaar kon identificeren. De familie van de moordenaar had immense rijkdom en machtige connecties in zowel de wereldregering als de georganiseerde misdaad. Getuigenbescherming was de enige kans om me in leven te houden tot ik de man in de rechtbank kon identificeren. De planeet verlaten was de enige manier om zeker te zijn dat het grote bereik van de familie mij niet zou schaden.

Ook al was mijn veroordeling maar een dekmantel, voor het rechtssysteem op aarde was ik een moordenaar. Ik moest ook zo behandeld worden. Dit medische gewaad was gewoon grijs gevangeniskledij, mijn polsen en enkels waren allebei vastgebonden aan een harde, meedogenloze stoel. Ik had geen opties meer. Ik had dit al duizend keer in mijn hoofd doorgenomen. Overleven. Dat was wat ik moest doen en er was geen manier om dat te doen als ik niet zo snel mogelijk van de aarde wegkwam.

"Juffrouw Day?" herhaalde de bewaakster. Haar stem was emotieloos, alsof ze te veel misdadigers had verwerkt om iets anders te zijn dan afgestompt en gehard voor de ergste overtreders.

"Ik vraag het nog één keer, juffrouw Day. Drie is het vereiste aantal keren dat ik moet proberen een antwoord te ontlokken. Daarna word je automatisch gematcht op basis van de resultaten van je testen en voorgelegd voor verwerking."

Ik probeerde mijn hart te kalmeren, want ik was niet alleen vastgebonden, ik kon ook niet ontsnappen aan de kamer, het gebouw en vooral niet aan het leven dat ik nu onder ogen moest zien. Deze grauwe kamer was niets vergeleken met wat ik al had doorstaan... en niets met wat me nog te wachten stond.

Maar ik kon deze koudhartige vrouw niet voor mij laten kiezen. Ze zou me zeker naar een harde planeet als Prillon sturen, waar de mannen berucht waren om hun hardheid en meedogenloosheid, zowel in bed als daarbuiten.

"Wil je het recht opeisen om jouw wereld te benoemen, juffrouw Day? Of onderwerpt je je aan de plaatsingsprotocollen van het verwerkingscentrum?" Haar vraag bracht me uit mijn gedachten. Voordat zij de kamer binnenkwam, was ik al onderworpen aan hun zogenaamde verwerking. Ik was volledig alert en wakker geweest toen het begon, en keek naar beelden van verschillende landschappen, mannen in allerlei soorten kleding en uiterlijk, zelfs stellen die deelnamen aan verschillende seksuele handelingen, zoals een vrouw op haar knieën en een man pijpend.

Helaas was dat een van de tammere beelden geweest. Sommige beelden bevatten twee mannen die een vrouw nemen, andere een hele kamer vol mensen die toekijken hoe één vrouw geneukt wordt. Bondage, zweepjes, seksuele hulpmiddelen. De scènes gingen van woestijnen tot beelden van de stedelijke uitgestrektheid van enorme buitenaardse steden zo groot als New York City of Londen, van dildo's en kuisheidsgordels tot piercings en anale sondes.

De beelden waren steeds sneller gegaan en ik dacht dat ik wakker was gebleven, maar ik moet in slaap zijn gevallen en die vreemde, maar levendige droom hebben gehad. Toen ik wakker werd, waren de videoschermen verdwenen, maar ik zat nog steeds vastgebonden aan de onderzoeksstoel.

Ik keek op naar haar neutrale blik, likte mijn

lippen, en antwoordde: "Ik accepteer de keuze van het verwerkingsprotocol."

De vrouw knikte kortaf en drukte op een knop op de tablet voor haar. "Heel goed. Laten we beginnen met het selectieprotocol voor plaatsing. Voor de goede orde, noem je naam."

Ik sloot even mijn ogen en opende ze toen, want ik voelde nog steeds de naweeën van dat orgasme. Het was intens geweest en het was een *droom* geweest. Dit was de koude, harde realiteit. Ik betwijfelde of er een echte ontsnapping zou zijn, of enig echt plezier in mijn toekomst. "E-Evelyn Day."

Ik stond op het punt mijn echte naam te zeggen, maar herinnerde het me weer. *Hoe kon ik dat vergeten?*

"De misdaad waaraan je schuldig bent bevonden?"

Het was moeilijk om het woord uit te spreken. Ik kon nog steeds niet geloven dat ik had ingestemd met zulke extreme maatregelen, zulke leugens. "Moord."

"Ben je momenteel getrouwd, of ben je dat ooit geweest?"

"Nee." Dat was één van de redenen dat ik in deze puinhoop zat. Ik werkte te veel. Ik had geen man in mijn leven, niemand om bij thuis te komen. Dus bleef ik werken, nam extra diensten, en was getuige van een moord.

"Heb je biologische nakomelingen?"

"Nee." Ik wilde wel, ooit, maar met een alien? Dat kwam niet voor in mijn kinderdromen. Waarom kon ik geen sexy, vrijgezelle man ontmoeten die hield van een vrouw met hersens en volle rondingen?

"Uitstekend." Warden Egara vinkte een lijst met vakjes af op haar schermtablet. "Voor de goede orde, juffrouw Day, als in aanmerking komende, vruchtbare vrouw in de bloei van haar leven had je twee opties om je straf uit te zitten voor de misdaad van moord, levenslang zonder voorwaardelijke vrijlating in een Carswell Penitentiaire Inrichting in Fort Worth, Texas."

Ik huiverde bij het horen van de beruchte gevangenis waar de gevaarlijkste en wreedste misdadigers zaten. Het hele plan om me veilig te houden tot het proces was om me van de planeet te sturen. Carswell was, gelukkig, niet iets waar ik rekening mee hoefde te houden.

Warden Egara vervolgde: "Of, zoals je eerder koos, het alternatief van het Interstellaire Bruidsprogramma. Je bent hier gebracht om je beoordeling en koppeling af te ronden. Ik ben blij je te kunnen vertellen dat het systeem een succesvolle match heeft gemaakt en dat je naar een lidplaneet zult worden gestuurd. Als bruid zul je misschien nooit meer naar de aarde terugkeren, omdat alle reizen bepaald en gecontroleerd zullen worden door de wetten en gebruiken van je nieuwe planeet. Je zult je burgerschap van de aarde opgeven en een officiële inwoner van je nieuwe wereld worden."

Waar zouden ze me heen sturen? Wat voor perverse waanzin had mijn neuroscan deze vrouw laten zien? Gebaseerd op de levendige droom, kon het van alles zijn. Zou ik naar een stamhoofd op Vytros gaan of een rijke koopman op Ania? Eén van de ruwe, patriarchale, buitenwereldse werelden?

Ik schraapte mijn keel, want de woorden leken vast te zitten. "Kan je... kan je het keuzeproces uitleggen? Hoe weet ik of de tests een goede match waren?"

Ze keek me aan alsof ik mijn hele leven onder een steen had geleefd. "Echt, juffrouw Day. Je weet hoe het werkt."

Toen ik zweeg, zuchtte ze. "Goed dan. Alle gevangenen worden onderworpen aan een reeks tests. Je geest wordt gestimuleerd en gecontroleerd op bewuste en onbewuste reacties, zodat we je kunnen afstemmen op de gewoonten en seksuele praktijken van een andere planeet. Aangezien jullie daar voor onbepaalde tijd zullen wonen, is het belangrijk dat we bruiden sturen die de leiders die erom vragen waardig zijn.

"Elke planeet heeft een lijst van gekwalificeerde mannen die op een bruid wachten," ging ze verder. "Jouw testen ontdekken de beste wereld voor jou, en koppelen je dan aan de meest compatibele kandidaat. Zodra je verwerking begint, wordt hij onmiddellijk op de hoogte gebracht. Zodra je klaar bent, word je getransporteerd en ontwaak je op je nieuwe planeet. Je partner zal op je wachten om je op te eisen."

Mijn polsen waren nog steeds vastgebonden; ik kon mijn vuisten wel balmen. "Wat als... wat als de match niet goed is?"

Ze tuitte haar lippen. "Er is geen weg terug. Volgens Protocol 6.2.7a kunnen we je niet dwingen bij iemand te blijven die niet bij je past. Je hebt dertig dagen om te beslissen of de eerste kandidaat acceptabel is. Als je na dertig dagen niet tevreden bent met je partner, krijg je een andere partner op die wereld en word je overgeplaatst. Je hebt dertig dagen om elke kandidaat te accepteren of af te wijzen totdat je een partner hebt gevonden."

"Hebben ze... Ik bedoel, heeft hij de mogelijkheid om mij af te wijzen?" Ik ben door mannen afgewezen. Vele keren. Waarom zou een man op een verre planeet anders zijn?

"Het succespercentage van het matchingsprogramma is ruim achtennegentig procent. Je hebt de testen doorstaan en we hebben je persoonlijke plaatsing bevestigd. Ik ben ervan overtuigd dat je goed terecht komt. Deze partners, afhankelijk van de planeet, hebben vrouwen nodig om hun ras, hun cultuur, en hun manier van leven in stand te houden. Vrouwen zijn waardevol, juffrouw Day. Daarom is het interplanetaire verdrag in werking gesteld. Als je partner je echter... onbevredigend vindt, word je aan een andere man op die wereld gekoppeld. Denk eraan, je bent eerst aan de wereld gekoppeld, dan aan je partner.

"Zal mijn partner weten dat ik veroordeeld ben voor een misdaad?"

"Natuurlijk. Het verdrag eist volledige openheid."

"En ze zijn wanhopig genoeg om veroordeelden te accepteren?" Ik was nooit waardig genoeg bevonden om een vriendin te zijn, laat staan een echtgenote. Waarom zou iemand mij willen nu ik een veroordeelde moordenaar ben? "Zijn ze niet bang dat ik ze in hun slaap vermoord?" Dat zou ik niet doen, maar dat wisten ze vast niet. En zou ik op hun wereld gestraft worden voor een misdaad die ik hier, op aarde, begaan zou hebben?

De vrouw tuitte haar lippen. "Ik garandeer je, juffrouw Day, dat als je één van de partners op één van de planeten ontmoet, je het zal begrijpen. Wees gerust, vermoord worden door een vrouw als jou zal niet één van hun zorgen zijn."

Ik wierp een blik op mezelf in de grauwe, gewone gevangeniskleding. Ik was geen zwerver. Ik was... welgevormd. Zelfs de stress van de afgelopen weken, het aanstaande proces en alles wat dat met zich meebracht, had mijn gewicht niet veranderd. Ik had in die tijd geen echte spiegel of make-up gezien, dus ik kon me alleen maar voorstellen hoe ik eruit zag. Als ik er zo bij mijn partner uit zou komen te zien, zou hij me zeker afwijzen nog voor hij gedag had gezegd.

De vrouw wierp een blik op haar tablet. "Ben je klaar met je vragen? Ik heb nog een vrouw te behandelen vandaag."

Er was echt niet veel keus. Ik knikte. "Ik ben... ik ben klaar-" Ik slikte. Het was moeilijker dan ik dacht dat het zou zijn om de woorden te zeggen die mijn leven zouden veranderen. "Ik ben klaar om van de planeet af te gaan en ik zal plaatsing accepteren op basis van de testen."

De vrouw knikte vastbesloten. "Goed dan." Ze drukte op een knop en mijn stoel schoof naar achteren alsof ik bij de tandtechnicus zat. "Voor de goede orde, juffrouw Day, je hebt ervoor gekozen om je straf uit te zitten onder leiding van het Interstellaire Bruidsprogramma. Je hebt een partner toegewezen gekregen volgens de testprotocollen en zult van de planeet vervoerd worden, om nooit meer naar de aarde terug te keren. Is dit correct?

Heilige moeder van God, wat had ik gedaan? Ik zou terugkomen om te getuigen, maar ik ging *echt*. "Ja."

"Uitstekend." Ze wierp een blik op haar tablet. "De computer heeft je toegewezen aan Trion."

Trion? Ik bladerde door mijn herinneringen op zoek naar iets, iets over die wereld. Niets. Ik had niets. *Oh, God.*

Maar misschien was die wereld die uit mijn droom. De tapijten. De amandelolie. De enorme penis...

"Die wereld vereist een gedetailleerde fysieke voorbereiding voor hun vrouwen. Daarom moet je lichaam goed voorbereid zijn voordat we het transport beginnen."

Mijn lichaam zal... wat?

Warden Egara duwde tegen de zijkant van mijn stoel en tot mijn schrik, gleed de stoel naar de muur waar een grote opening verscheen. De onderzoeksstoel gleed, als op een rails, recht in de nieuw onthulde ruimte aan de andere kant van de muur. De kleine kamer was klein, en gloeide met een reeks heldere blauwe lichten. De stoel kwam met een ruk tot stilstand en een robotarm met een grote naald gleed geruisloos naar mijn nek. Ik huilde toen hij in mijn huid prikte, daarna voelde ik alleen nog een lichte tinteling op de injectieplaats. Een gevoel van lusteloosheid en tevredenheid maakte mijn lichaam slap toen ik werd neergelaten in een bad van warme blauwe vloeistof. Ik was zo warm, zo gevoelloos...

"Probeer je te ontspannen, juffrouw Day." Haar vinger raakte het schermpje in haar hand aan en haar stem klonk alsof ze van ver, heel ver weg kwam. "Jouw verwerking zal beginnen in drie... twee... één..."

2

"De overdracht moet het lichaam aantasten, daarom slaapt ze."

Ik hoorde de stem, maar verroerde me niet. Ik lag best comfortabel en ik wilde niet wakker worden.

"Ja, maar zo ligt ze nu al vier uur." Deze stem was dieper, meer bevelend, duidelijk gefrustreerd over mijn toestand. "Goran, misschien is mijn partner beschadigd tijdens het transport."

Beschadigd?

"Er lijkt geen schade te zijn." Een andere stem. "Ze is smal en heeft misschien meer tijd nodig om te herstellen."

Smal? Ik ben *nooit* als smal beschouwd. Klein, misschien, maar smal? Dat was bijna grappig. Ik kon mijn lichaam niet dwingen te bewegen, om te zien wie me anders vond dan mijn gebruikelijke volle, zeer stevige lichaam. Het was alsof ik wakker was geworden uit een lang dutje en ik wilde graag zo blijven liggen. Ik voelde me warm, veilig en geborgen, niet op de grens van... oh!

Mijn ogen sprongen open en ik zag niet de grimmige grijze muren van het verwerkingscentrum waar ik de afgelopen dagen had doorgebracht. In plaats daarvan leek ik me in een soort rustieke ruimte te bevinden, waarvan het plafond en de muren gemaakt waren van stevig canvas. Ik kon niet veel van de ruimte zien, want er waren drie mannen die boven mij uittorende. Mijn ogen werden groot van hun omvang. Ze waren enorm groot en... *groot*. Ik had nog nooit zo'n grote man gezien, laat staan drie. Was hun grootte normaal?

Alles aan hen was donker. Zwart haar en zwarte ogen, zwarte kleding en een gebruinde huid. Ze deden me denken aan mannen uit het Middellandse Zeegebied van Europa. Maar ik was niet door het verwerkingscentrum naar Europa gestuurd, of zelfs het midden-oosten, maar buiten de planeet. Trion? Waar was dat? Hoe ver was ik van huis? Warden Egara had niet gezegd hoe ver weg deze planeet was voordat ze met haar vinger over haar scherm veegde en me liet transporteren. Het was zo snel gegaan, alsof ik in slaap was gevallen voor een operatie en daarna wakker was geworden, me totaal niet bewust van alles wat er in de tussentijd was gebeurd.

Ik lag op mijn zij, niet langer in die ongemakkelijke stoel in de verwerkingskamer, maar op een smal bed. Mijn polsen en enkels waren niet langer vastgebonden en ik reikte omhoog en haalde mijn vingertoppen van mijn rechterhand door mijn haar net achter mijn oor. Ja. Daar was het. Ik liet een ingehouden adem ontsnappen. De kleine bobbel veroorzaakt door het implantaat van justitie, het apparaat dat me ooit naar huis zou brengen, hadden ze beloofd. Tot dan, moest ik overleven als Evelyn Day, veroordeelde moordenaar.

Ik knipperde, verward, terwijl ik me probeerde te oriënteren. Ik wist al mijn hele leven van alternatieve planeten, maar beelden ervan op de media werden nooit verstrekt. Vervoer buiten de planeet was alleen toegestaan voor militair personeel of voor vrouwen in het bruidsprogramma. Daarom had ik me altijd voorgesteld dat buitenaardse wezens heel anders zouden zijn dan mensen, maar ik had het helemaal mis. Deze mannen, als zij voorbeelden waren van het ras van hun planeet, waren zeer knappe exemplaren en zeer mensachtig. Knap was misschien niet het juiste woord. Intens, krachtig, mannelijk. Schitterend.

Hoe dan ook, hun kracht en harde energie, hun enorme omvang, en de zeer duidelijke mogelijkheid dat ze me pijn zouden kunnen doen, deed me achteruit deinzen.

De muur drukte tegen mijn rug en ik moest mijn hand naar beneden doen om mezelf in evenwicht te houden. Ik zat op handen en knieën en de blikken van de mannen daalden van mijn gezicht naar mijn lichaam. Hoewel de lucht warm was - waar ik ook was - voelde ik die tegen mijn blote huid. Toen ik naar beneden keek, had ik beslist geen gevangeniskleding aan. Ik was naakt.

"Waar zijn mijn kleren?" piepte ik, terwijl ik mezelf probeerde te bedekken en om me heen keek. De ruimte was Spartaans, met alleen het bed waar ik op zat en een tafel in het midden van de ruimte. De kamer was niet overdreven groot, of misschien was het alleen al de grootte van de drie mannen voor mij die het grootste deel van de ruimte in beslag namen. Grote zwarte koffers stonden langs de muur en metalen gadgets, die eruit zagen als medische machines uit het ziekenhuis en apparaten uit mijn keuken, zaten erop.

" Je bent getransporteerd en verwerkt volgens de regels van de wet," zei één van de mannen.

"Maar, ik ben naakt." Mijn handen bevroren en ik keek naar beneden toen ik mijn tepels voelde. Er zaten gouden ringen doorheen. Alsof dat nog niet genoeg was, liep er een gouden ketting van de ene ring naar de andere en die hing tot net boven mijn navel.

Ik... eh, ik had tepelpiercings. Ik kon mijn blik niet afwenden van het vreemde schouwspel. De hoepels waren kleiner dan een ring bedoeld voor een vinger, de ketting eraan was dun als een koord en versierd met kleine gouden schijfjes.

"Ik zie aan je reactie dat versierd worden geen gewoonte is op aarde." Ik keek niet op om te zien wie er sprak.

Versierd? Verrassend genoeg deden de tepelpiercings geen pijn, ook al waren ze gloednieuw. Ze moesten wel pijn doen. Toen ik tien was, had ik gaatjes in mijn oren laten zetten en het had meer dan een maand geduurd voor ze genezen waren. Nu voelde ik geen pijn, alleen een lichte trek door het gewicht van de ketting. Het was licht, maar constant... en opwindend. Mijn tepels verstrakten en ik hijgde terwijl ik mijn armen over mijn borst sloeg.

"Welkom bij Trion. Ik ben Tark, je nieuwe meester, en je bent in de medische afdeling van Buitenpost Negen. Ik heb je hierheen gebracht voor een bezoek aan de dokter na je overplaatsing, want je werd niet wakker." De rechter man sprak, zijn stem was diep en op één of andere manier bekend. Zijn donkere ogen ontmoetten de mijne en hielden die vast. Ik kon niet wegkijken, en dat wilde ik ook niet, want ik voelde... iets. Geen enkele man op aarde keek me ooit zo intens aan. Het was alsof hij alleen met zijn ogen bezit van me nam.

Waarom zou zijn stem bekend klinken? Vreemd, maar ik schudde die gedachte weg als onmogelijk. Hij wierp een blik op één van de andere mannen en keek me toen weer aan, duidelijk en aandachtig. "Dit is Goran, mijn tweede-in-bevel." De andere man knikte naar mij. Hij leek jonger dan Tark en een centimeter of twee kleiner, maar niet minder krachtig van bouw. "En dit is Bron, de dokter die hier in Buitenpost Negen gestationeerd is."

De derde man hield zijn hoofd ook een beetje schuin en zweeg. Hij hield zijn ogen niet op de mijne gericht zoals Tark deed, maar liet ze over mijn lichaam dwalen. Ik verschoof mijn handen om me beter te bedekken, maar wist dat hij *alles* kon zien.

Alle drie droegen ze een zwarte broek, maar terwijl

de andere twee mannen zwarte hemden droegen, was die van Tark grijs. De pasvorm leek op die van de mannen op aarde, maar ik had nog nooit zulke brede schouders of goed gevormde lichamen gezien. Dit waren sterke mannen en hun kleding benadrukte dat alleen maar.

Tark was de enige man die tegen me sprak. "Evelyn Day, je bent aan mij gekoppeld door het interplanetaire verdrag. Hoewel ik verzekerd ben van je gezondheid, had de overdracht je kunnen schaden. Je sliep langer dan verwacht. Bron zal je onderzoeken op eventuele schade. Opstaan."

Hij stak zijn grote hand uit om vast te pakken. Ik keek er aandachtig naar, toen naar hem. Voorzichtig.

"Mij onderzoeken?" vroeg ik, mijn ogen nog wijder wordend. Ik hoorde het bloed in mijn oren stromen en ik begon te hijgen. "Dat... is niet nodig. Zoals je zei, ik ben gewoon... klein."

Hij deed een stap dichterbij, stak zijn hand uit. "Daar ben ik het niet mee eens. Ik zorg voor wat van mij is."

Geduldig wachtte hij, en zuchtte toen.

"Ik begrijp dat een aardse gevangenis je alternatief was. Ik ben blij met je keuze, want van alle mogelijke partners in het Interplanetair Verdrag, pasten jouw onderbewuste behoeften het best bij onze manier van leven. Het lijkt erop dat we elkaar precies zullen geven wat we beiden nodig hebben."

Hij pauzeerde en ik liet die woorden op me inwerken. Zou hij me geven wat ik nodig had? Hoe kon hij, terwijl wat ik nodig had was naar huis gaan, getuigen, en mijn oude leven terug krijgen?

Hij reikte naar voren en streek met zijn knokkels over mijn wang. "Je verleden is onbelangrijk, gara. Je bent nu van mij en je moet me in alles gehoorzamen." Zijn stem werd lager en zijn toon zei dat hij zich niet zou laten afwijzen.

Ik fronste mijn wenkbrauwen, niet blij met zijn woorden, maar de tedere aanraking bracht me van mijn stuk.

Ik nam zijn hand omdat ik geen keus had. Hij was zo groot, mijn handpalm opgeslokt door de zijne. De aanraking was warm, de greep zacht, maar ik betwijfelde of hij het zou toelaten dat ik me losrukte. Ik kon niet langs de mannen als ik wilde vluchten, en als ik ze kon ontwijken, wist ik nog niet eens waar ik was. De enige manier om terug te keren naar de aarde was via de transporteur, en ze wilden me niet naar een transport buitenpost brengen, en ik wist ook niet hoe ik er één moest bedienen. Ik zat goed en wel met *hem* opgescheept. Tenminste tot ik werd teruggeroepen om te getuigen. De aanklager zei dat het maanden kon duren. *Maanden* met deze man op een vreemde planeet? Ik slikte.

Hij hielp me overeind en ik wankelde, de ketting die aan mijn borsten bungelde verschoof ook. Ik stond op een soort dunne grijze vloerbedekking. Het bedekte niet de hele ruimte, want er liep zand overheen tot aan de muren. Zand? Waren we in de woestijn? Was het daarom zo warm en was hun huid daarom zo mooi gebruind? De aanblik van mijn blote voeten naast drie paar laarzen zag er vreemd uit.

De muren waren ondoorzichtig. Lampen op standaards in de kamer wierpen een zachte gloed.

Ik hief mijn vrije hand op om de beweging te stoppen. Hij hielp me terwijl ik mijn hoofd schuin hield, helemaal schuin, om zijn blik te ontmoeten. "Wat... wat ga je met me doen?"

Zijn donkere ogen bekeken mijn gezicht en gingen toen lager langs mijn lichaam. Ik bloosde, wetende dat hij - en de anderen - alles konden zien.

" Je bent de eerste die we hebben gezien van de aarde en ik moet een kijkje nemen. " De blik van de dokter dwaalde net zo over mijn lichaam als die van Tark, maar hij gaf me het gevoel... bloot en vies. Ik kende die blik. Vieze mannen, zo leek het, kwamen niet alleen op aarde voor.

Ik ging iets achter Tark staan, gebruikte hem als schild. Zijn geur kwam uit zijn shirt en het was bedwelmend. Zuiver, scherp en met een vleugje van iets mysterieus. Wat het ook was, ik vond het lekker. Was het omdat we aan elkaar gekoppeld waren?

"Ik hoef niet onderzocht te worden en je zult me zeker niet nader bekijken. Ik voel me goed, anders hadden ze me niet gestuurd. Ik ben ook geen wetenschappelijk experiment. Ik ben een partner." Ik tikte mijn kin omhoog en verstevigde mijn stem, maar ik was overgeleverd aan de genade van deze mannen. Ik had geen idee of de term partner enige status had op

Trion, maar geen enkele man zou een ander toestaan zijn partner te *onderzoeken* voor zijn plezier alleen.

Ik keek niet op, maar ik zag dat Tark zijn blik van mij naar de twee mannen voor mij richtte.

"Sta je haar toe op zo'n manier tegen mij te spreken?" vroeg Bron aan Tark, zijn uitdrukking venijnig naar mij.

Tark zijn andere hand balde zich tot een vuist. "Zal ik je toestaan mijn partner te onderzoeken met een erectie in je broek?"

De man verschoof zich en had het fatsoen om beschaamd te kijken.

Tark hief zijn hand op in een afwijzende zwaai en ik voelde meer dan ik hoorde, een grom diep in zijn borst. "Goran, breng hem hier weg. Ik controleer mijn partner zelf wel."

Goran knikte en greep de arm van de dokter en trok hem weg. Met een laatste blik over zijn schouder werd Bron door een klep aan de achterwand de tent uit geleid. Ik zag even de vormen van andere tenten, maar het zicht werd snel weer geblokkeerd.

Nu alleen met mij, keek Tark op me neer, als een torenhoge krijger hongerig naar zijn bruid. Ik kon niet geloven dat deze man mijn partner was. Ik droomde ervan een speciaal iemand te vinden, maar het was anders om van te voren te weten dat hij *de ware* was. Er was geen afspraakje, geen periode om gemeenschappelijke interesses en compatibiliteit te ontdekken. Het was eigenlijk heel zenuwslopend. Daar kwam nog bij dat ik op een nieuwe planeet was, halverwege het heelal!

Ik kon dingen horen door de dunne muren: stemmen, vreemde mechanische geluiden, ongewone geluiden die wel van dieren afkomstig moesten zijn. Misschien paarden? Wat voor soort dieren hadden ze op Trion?

"Wat Bron zei is waar. Je mag niet op zo'n manier tegen hem praten."

Mijn ogen verwijdden zich. "Hij gedroeg zich niet zoals een dokter dat hoort te doen," antwoordde ik.

Hij nam een moment, alsof hij nadacht. " Je bent nieuw hier en daarom zal ik daar rekening mee houden bij je straf."

"Straf..."

Hij stak een hand op en kapte me af.

"Brutaliteit is niet toegestaan."

Ik fronste. "*Hij* was degene die brutaal was."

Tark rolde zijn schouders naar achteren en leek een centimeter gegroeid te zijn. "Wie is er nu brutaal?"

Hij deed twee stappen met zijn lange benen naar een eenvoudige, korte bank. Het leek van hout gemaakt te zijn, maar ik had geen idee of dat waar was. Hadden ze eigenlijk wel bomen op Trion?

Toen hij ging zitten, stak hij zijn hand uit. "Kom."

Ik keek naar zijn vingers, lang en stomp, maar bewoog niet. "Waarom?"

"Ik zal je je eerste les over Trion geven."

Dat leek me redelijk, gezien het feit dat ik pas vijf minuten op de planeet was. Ik sloot de afstand tussen ons. Voordat ik wist wat er was gebeurd, pakte hij me bij mijn middel en legde me op zijn schoot. Ik was geen kleine vrouw en hij manoeuvreerde me alsof ik een tenger wicht was.

Mijn heupen lagen over zijn harde dijen, mijn bovenlichaam boog zich naar de grijze vloer, mijn borsten hingen naar beneden. De ketting die ertussen bungelde, schuurde tegen de vloer. Mijn tenen raakten de vloer en ik probeerde me op te drukken.

"Wat ben je aan het doen?" riep ik, terwijl het bloed naar mijn hoofd steeg. "Laat me opstaan!"

Tark legde een warme hand op mijn rug om me op zijn schoot te houden en toen ik probeerde te schoppen, haakte hij mijn enkels vast met één van zijn benen.

"Kalmeer, gara. Ik had verwacht dat je snel een strafles zou krijgen, maar niet zo snel."

"Straf?" riep ik. "Ik dacht dat je zei dat je me ging leren over Trion!"

"Dat doe ik ook. Te beginnen met dit."

Ik hoorde de klap van zijn hand tegen mijn billen voordat ik hem voelde. De scherpe pijn ervan zinderde op mijn blote huid.

"Tark! Hou op, jij dominante... klootzak!"

Hij sloeg me nog een keer. En nog eens. Elke keer als zijn grote handpalm sloeg, was het op een nieuwe plek. Al snel voelde mijn huid aan alsof hij in brand stond, prikkend en heet.

Ik ademde hard, mijn haar viel over mijn gezicht en ik probeerde het uit de weg te krijgen. Op een beslist harde klap van zijn hand, reikte ik naar achteren en probeerde mijn billen te bedekken. In plaats van hem af te schrikken, pakte hij alleen mijn polsen met zijn vrije hand en ging verder.

"Ben je klaar om te luisteren... met je mond dicht?" vroeg hij, strelend over mijn verhitte huid. Die was zeker knalrood en gezwollen.

Bang om een woord te zeggen, knikte ik alleen maar met mijn hoofd, en zakte toen ineen op zijn schoot.

"Ah, *gara*. Je onderdanigheid is een genot om te zien." Voordat ik ook maar kon beginnen na te denken over die uitspraak, ging hij verder. "We spreken met eerbied hier op Trion. Ik geloof dat het ook wel manieren worden genoemd."

Ik trok een lok haar uit mijn mond toen ik besefte dat Tark me ongemanierd vond. Wat dacht hij wel, dat de aarde vol onbeschaafde mensen zat?

"Het is niet aan jou om ruzie te maken met de dokter. Het is mijn taak dat in jouw plaats te doen. Hij was brutaal, zoals je zei, maar het was mijn taak als je partner om je eer te verdedigen. Om je positie als vrouw in deze samenleving te verdedigen. Om je te beschermen. Toen je voor je beurt sprak, nam je dat van me af, en onteerde je mij ook."

Het was een beetje ouderwets, maar ik kon de logica begrijpen. Ik streelde met mijn vingers over de gladde vloer. Een gesprek voeren met mijn gezicht vlak bij de vloer was vreemd, maar een pak slaag ook. Net als op Trion zijn, wat dat betreft. "Bedoel je dat ik aan jou ondergeschikt ben?"

"Ben je bekend met de gebruiken en gewoonten van Trion?"

Ik schudde mijn hoofd.

"Ben je bekend met mij?"

Ik schudde opnieuw mijn hoofd.

"Dokter Bron of het onderzoek dat hij ging geven?"

"Nee," antwoordde ik.

"Als ik op aarde zou verschijnen, zou je dan niet voor mij willen spreken, om mij te begeleiden als ik mijn weg moest zoeken?"

Ik klemde mijn tanden weer op elkaar en haatte het dat zijn redenering niet ongegrond was.

"Ja."

Hij liet zijn greep op mijn polsen los en hielp me voor hem te gaan staan, dicht genoeg om me tussen zijn gespreide knieën te bevinden. Mijn billen waren heet en prikten van het pak slaag. Hij was zo groot dat zijn ogen niet op één lijn stonden met mijn borsten. Dat betekende niet dat ik me minder bloot en kwetsbaar voelde, zelfs nog meer nu hij me op mijn fouten wees.

"Ik moet je implantaat controleren."

Zijn woorden haalden me uit mijn gedachten. Ik was verbaasd dat hij zo snel op een ander onderwerp kon overschakelen. Ik had mijn straf uitgezeten en het was tijd om verder te gaan?

"Ik neem aan dat je neuroprocessor goed werkt,

aangezien je alles lijkt te begrijpen wat tegen je gezegd wordt."

Ik fronste mijn wenkbrauwen. "Wat?" Waar had hij het over? Welke neuroprocessor?

"Wees niet bang, kleintje." Ik was van gemiddelde lengte en minstens twee kledingmaten groter dan ik volgens de medische kaarten op aarde zou moeten zijn. Ik was niet *klein*, maar toen ik voor mijn nieuwe partner stond, voelde ik me bijna klein, en heel erg vrouwelijk.

Tark hief zijn handen naar mijn hoofd en ging met zijn vingers langs de zijkanten van mijn gezicht naar de bovenkant van elke slaap, net boven mijn ogen. Hij moet gevonden hebben wat hij zocht, want toen hij een heel klein beetje druk uitoefende, voelde ik twee vreemde bultjes in het bot van mijn schedel drukken. Het was niet pijnlijk, maar zeker vreemd.

"Wat is dat?" Op het moment dat Tark zijn handen weghaalde, tilde ik mijn eigen trillende vingers op naar dezelfde plekken en voelde de kleine bultjes onder mijn huid.

"Het zijn geavanceerde neuroprocessoren, of NPU's. Bij alle geavanceerde rassen die lid zijn van het Interstellaire Bruidsprogramma worden ze bij de geboorte geïmplanteerd. De NPU vergroot het vermogen van je hersenen om taal en wiskunde te verwerken en te leren, en verbetert het geheugen. We spreken nu in de gewone taal van mijn planeet, die naar je NPU is gedownload voordat je aankwam."

Holy shit. Was ik nu een robot of zoiets?

"Heb ik buitenaardse technologie in mijn hoofd geïmplanteerd? Lopen er draadjes naar mijn hersencellen? Hoe integreerde en communiceerde het NPU-systeem met het organische weefsel?" Mijn medisch geschoolde geest had honderd vragen en geen antwoorden.

Tark zijn ogen verwijdden zich en zijn lip bewoog. "Ben jij niet degene die nieuwsgierig is?"

In plaats van mijn vragen te beantwoorden, wierp hij een blik op de tafel in het midden van de kamer. "Ga weer liggen, Evelyn Day." Zijn stem was nog steeds diep, maar miste het bijtende randje dat hij had gehad toen hij me sloeg.

Ik kon mijn partner niet ontwijken of wat hij met me wilde doen. Ik kon het proberen, maar besloot het niet te doen omdat mijn billen erg pijnlijk waren en nog steeds leden onder de gevolgen van mijn vorige daden. Terwijl de dokter mijn woede had geprikkeld, liet Tark me iets heel anders voelen. Ik was niet blij dat hij me geslagen had - absoluut niet - maar hij had een duidelijk argument en ik *had* fout gehandeld. Ik vond het fijn dat hij me straf had gegeven en daarna verder was gegaan. Ik vond ook dat ik er overheen moest stappen. Er van leren, natuurlijk, want ik wilde dat niet nog eens meemaken. Ik reikte naar achteren en wreef zachtjes over mijn hete huid.

Vreemd. Er was iets aan hem, zijn macht, zijn beschermingsgezindheid - hij had me beschermd tegen de dokter - en zijn dominantie dat me erg aansprak. Toen ik zag hoe goed zijn grote lichaam in zijn donkere kleren zat, wilde ik hem behagen. Bovendien verlangde ik ernaar mijn handen over zijn armen te laten gaan om zijn biceps te voelen, over zijn brede schouders, langs zijn borstkas. Zijn buikspieren zouden zeker hard en goed gevormd zijn. En lager...

Ik liep naar de tafel en Tark volgde. Met zijn handen op mijn heupen tilde hij me op het metalen oppervlak en ik siste bij het koele contact met mijn oververhitte billen.

"Ga op je rug liggen," zei Tark tegen me.

Ik likte mijn lippen en liet me achterover op de tafel zakken, terwijl ik toekeek hoe zijn ogen over mijn lichaam dwaalden. In tegenstelling tot de dokter bekeek Tark me met opwinding, zeker, maar ook met iets van bewondering. Ik voelde de verhitte blik van Tark, alsof zijn vingers echt de vormen van mijn vlees aftastten.

"Zoals ik al zei, je moet onderzocht worden om er zeker van te zijn dat je in orde bent. Ik heb plannen met je, *gara*."

Ik kon niets anders doen dan mijn droge lippen aflikken bij het schorre geluid van zijn stem.

"Ik zal je nu aanraken."

Ik hijgde toen zijn hand mijn borst vastpakte, want de aanraking was zacht, maar toch voelde ik ruw eelt op zijn handpalm.

Hij keek hoe mijn tepel zich aanspande, wreef toen met zijn duim heen en weer over het gespannen topje en verschoof het gouden ringetje.

"Waarom... waarom die ringen?" vroeg ik, mijn stem

zacht. Ik huiverde bij het idee dat een vreemdeling - die ook mijn partner was - me aanraakte.

"Wij versieren onze vrouwen en vinden de ringen zowel mooi als opwindend." Hij keek naar mijn borst terwijl hij antwoordde. "Al onze partners laten ringen in hun tepels plaatsen. Het is een teken van opeising en respect."

"Ze doen geen pijn," zei ik.

Hij glimlachte toen. "Ik hoop van niet. Mijn aanraking moet je genot brengen, *gara*, niets anders."

Nee, ze deden helemaal geen pijn. In plaats daarvan voelde het zachte knijpen en trekken van het metaal ongelooflijk. Mijn tepels waren altijd al gevoelig geweest, maar nu kromde ik mijn rug om me beter in zijn greep te kunnen drukken.

"Je bent behandeld volgens onze sociale gebruiken. Normaal duurt het enkele weken voor de ringen genezen zijn en ik was niet van plan zo lang te wachten voor ik je mocht aanraken... hier." Hij liet de ring wapperen en ik hijgde. "Een voordeel van de overdracht... voor ons beiden."

"En de ketting?"

Tark tilde de ketting op en ik zag dat er een klein wapen was gestempeld in verschillende kleine gouden schijfjes die in de glanzende streng waren gevlochten. "Dit symbool is mijn geboorteteken, en het teken van mijn bloedlijn. Het betekent dat je van mij bent. Totdat ik je opeis en voorgoed markeer, is het ook je bescherming."

"Bescherming? Ik begreep niet hoe ringen in mijn

tepels me ergens tegen zouden beschermen, maar door de manier waarop hij doorging met spelen kon het me niet echt schelen.

"Niemand zal durven aanraken wat van het hoge raadslid is." Hij klonk als een bezitterige holbewoner. "Genoeg vragen. Plaats je handen boven je hoofd en sta me toe mijn partner te onderzoeken."

Ik bevroor, mijn handen voor me geklemd. "Tark, ik wil niet..."

"Dit..." Hij bewoog zijn hand iets lager en rukte zachtjes aan de ketting, waardoor een hete sis van genot van mijn beide tepels rechtstreeks naar mijn clitoris ging, "...is ook een hulpmiddel dat ik zal gebruiken om ervoor te zorgen dat je gehoorzaamheid leert, *gara*. Eén van de vele manieren waarop je lichaam zal leren zich aan mij te onderwerpen en je te weerhouden van ruzie maken.

Hij liet de ketting los en deze viel weer op mijn huid, het eerst koele metaal werd nu verwarmd door zijn aanraking. Tark wikkelde zachtjes elk van mijn polsen in zijn grote, sterke handen en manoeuvreerde me langzaam tot mijn handen boven mijn hoofd op de onderzoekstafel lagen, zoals hij had gevraagd.

"Of, ik kan je op je buik draaien en je nog een keer slaan. Het is jouw keuze."

Ik rolde bijna met mijn ogen en besefte dat hij dat zeker brutaal zou vinden.

"Dat is niet echt een keuze," mopperde ik.

Hij bood een kleine glimlach aan. "Je leert snel, *gara*. Weet dit, ik zal je nooit kwaad doen. Maar ik zal ook nooit toestaan dat je jezelf pijn doet. Bron," hij spuwde de naam van de man uit, "is nieuw in mijn dienst, en na hoe hij zich gedroeg, zal ik direct een nieuwe medische officier roepen als we terug zijn in het paleis. Ik zou hem nooit mijn *mensen* laten behandelen, en zeker mijn partner niet."

Dus hij had zojuist niet de kant van de dokter gekozen. Als ik me eerder stil had gehouden, had Tark de man ontslagen en had ik precies op deze plek gezeten, zonder de pijnlijke billen.

Tark's donkere blik ging van mijn borsten omhoog naar mijn gezicht. "Ik ga je nu aanraken, en je moet me zeggen of je pijn of ander ongemak voelt van je overplaatsing."

Zijn handen streelden langs mijn blote armen naar mijn borsten, over de rondingen van mijn ribbenkast naar mijn heupen. Kippenvel brak uit over mijn huid. Hij leerde mijn lichaam kennen alsof ik een fascinerend exemplaar was, iets wat hij nog nooit had gezien en niet per se op een seksuele manier. Maar zijn zachte aanraking kalmeerde mijn angst en zonder de angst om me achter te verschuilen, kon ik mezelf er niet van weerhouden om me op andere dingen te concentreren.

De warmte van zijn handen. Het tekeergaan van mijn hart. Zijn aanraking was als vuur op mijn huid en hij was zeer grondig. Ondanks het mentale argument tegen het feit dat een vreemdeling me zo intiem aanraakte, en ondanks alle stress van de afgelopen weken, wist mijn lichaam wat het moest doen en wat het wilde. Het reageerde met een verlangen zo snel dat het me deed schrikken. Zijn hand ging langs mijn benen omhoog en gleed tussen mijn dijen door.

Ik hijgde bij het lichte contact, mijn lichaam boog zich van de tafel alsof hij een elektrische schok had toegediend. Ik kneep mijn knieën samen, om zijn hand op zijn plaats te houden. Hij liet zijn greep op mijn polsen los en volgde de zachte rondingen van mijn buik tot hij de ketting vond en gaf een zacht trekje. Ik schreeuwde het uit en sloot mijn ogen. De aanblik van hem boven mij, zo dominant, zo intens, zette me aan het denken over dingen die ik nooit ofte nimmer zou doen. Zoals een wildvreemde toestaan met mijn poesje te spelen. Nee, niet toestaan, willen. Ik wilde dat mijn partner me aanraakte.

Wat was er in godsnaam mis met mij? Had de overplaatsing me gek gemaakt? Had het me hitsig gemaakt? Was er een soort seksuele neuroprocessor die mijn libido verhoogde? Maar het kan ook gewoon de testosteron zijn die uit zijn poriën druipt.

"Open je benen, *gara*. Nu. Wees niet bang."

"Ik ben niet... Ik wil niet..." Ik was niet bang dat hij me iets zou aandoen. Integendeel. Ik was bang voor mezelf, bang dat ik hem alles zou geven wat hij wilde. Ik kende hem helemaal niet, maar zijn zachte handen en ferme commando's dreigden al mijn barrières te doorbreken, al mijn regels over mannen te breken. En ik had hem net ontmoet.

Ik voelde hem dichterbij komen en zijn mond sloot zich om mijn tepel; de draaiing van zijn tong die aan het kleine ringetje trok, deed me kreunen van genot. "Open je voor mij, partner. Laat me zien wat van mij is."

Zijn aanraking. Zijn kus. Zijn warmte.

Mijn partner. De mijne. Hij hoorde bij mij net zoveel als ik bij hem hoorde. Tenminste voor nu.Ik liet mijn knieën wijd vallen en opende mijn ogen toen hij zich van mijn borst verwijderde en dichter bij mijn binnenste kwam.

Terwijl ik op mijn ellebogen ging leunen, keek ik langs mijn lichaam en mijn ogen verwijdden zich opnieuw. "Ik heb geen haar." Ik had gedacht dat het anders had gevoeld... daar beneden, maar ik was te veel afgeleid door de tepelringen en de ketting en het pak slaag om op te merken dat mijn poesje kaal was gemaakt.

"Het is gevoelig voor je, ja?" Hij stelde de vraag en boog toen laag om een zachte adem van lucht over mijn schaamlippen te blazen. Hij had misschien nog nooit een vrouw van de aarde aangeraakt, maar hij wist zeker wat hij deed. Hij blies nog eens op me en ik huiverde. Hij staarde nu, zijn gezicht zo dichtbij dat hij zeker mijn geur kon opvangen en ik vroeg me af...

"Ben ik... gevormd zoals de vrouwen op jouw planeet?"

"Mmm."

Ik dacht dat hij mijn vraag zou negeren, maar blijkbaar had hij besloten op onderzoek uit te gaan. Tark tilde iets op aan de zijkant van de tafel, en even later werd een koud, hard voorwerp langzaam in mijn binnenste geschoven. Ik probeerde met armen en benen weg te komen.

"Stop. Wat doe je met me?"

"Beweeg je niet."

Ik schudde mijn hoofd, geschrokken en verbaasd over het voorwerp. Hij pakte mijn polsen opnieuw vast en maakte ze gemakkelijk vast in de boeien boven op de tafel. Terwijl ik mijn hoofd achterover hield, keek ik omhoog naar mijn beperkingen. Ik rukte eraan, maar het had geen zin. Er was geen weerstand. Het was als in de droom in het verwerkingscentrum, gebonden en een man die me aanraakte. Ik voelde mijn poesje nat worden bij de herinnering. Ik stribbelde tegen en dat maakte me alleen maar natter, mijn opwinding gleed naar buiten langs de dildo die me vulde. Ik was gebonden aan een man die boven me uittorende, alleen al door zijn grootte was hij in staat me kwaad te doen, maar het enige wat hij wilde was me genot geven - een vreemd, onbekend en eng genot. Mijn billen waren pijnlijk van zijn eerdere pak slaag en ik kon niets anders doen dan me overgeven.

Tark's grote handpalm rustte op mijn onderbuik en een vreemd zinderend gevoel begon in mijn binnenste, gevolgd door een hitte die zich verspreidde van mijn poesje naar mijn kont, diep in mijn baarmoeder, omhoog door mijn buitenste schaamlippen en hoger, naar mijn clitoris, daar inslaand als een kleine elektrische schok. Dit was niet zoals een vibrator die ik ooit eerder had gezien of gevoeld."Ah!" Mijn heupen schokten bij de overweldigende sensatie en Tark's donkere blik leek gehypnotiseerd, mijn reacties in de gaten houdend.

Het vreemde apparaatje in mijn poesje piepte drie keer en gaf toen weer een schokje op mijn clitoris. Er was geen ander woord dat ik kon bedenken om het te beschrijven. Het deed geen pijn, verre van dat eigenlijk. Het voelde ongelooflijk, en dat was het probleem.
"Geef je over, partner. Geef je over aan het examen, net zoals je leert je aan mij over te geven."

3

"Dit is geen examen. Dit is..." Een sterke elektrische schok ging door de binnenkant van mijn poesje naar mijn kont en ik vocht om de controle over mijn lichaam te behouden, maar nog een schok naar mijn clitoris stuurde me over de rand. De binnenkant van mijn kutje en onderbuik pulseerde en verkrampte zo sterk dat ik het gevoel had dat ik uit elkaar zou vallen. "Oh, God."

Mijn lichaam kronkelde op de tafel, buiten mijn controle. Ik worstelde tegen de boeien om mijn polsen. Trillend en uitgeput wendde ik mijn gezicht af van mijn nieuwe partner. Ik probeerde op adem te komen terwijl ik tegen mijn tranen vocht. Het apparaat in mij verstomde tot een klein, bijna niet waarneembaar gezoem. Maar na de overweldigende schok van het geforceerde orgasme, was die kleine trilling gemakkelijk te negeren.

Tark's druk op mijn buik en dijen nam toe en hij

reikte tussen mijn benen door om het buitenaardse voorwerp uit mijn poesje te verwijderen. Ik wilde wegrennen en me verstoppen, maar ik was vastgebonden. Hoe had ik zo kunnen reageren op een stom klein medisch hulpmiddel? Wat had hij met me gedaan?

Hij keek naar een beeldscherm dat aan het stompe zilveren instrument bevestigd was en knikte met zijn hoofd. "Uitstekend, Evelyn Day. De medische sonde geeft aan dat je vruchtbaar bent, vrij van ziekte en zowel je voortplantings- als zenuwstelsel functioneren optimaal."

"Laat me gaan." Ik probeerde mijn benen te sluiten, maar hij hield ze open bij mijn knieën.

Hij keek met zijn donkere ogen naar me op en zei: "Je bent nu van mij en ik laat je niet gaan. Niet nu je lichaam er zo naar verlangt me te leren kennen."

" Verlangen ?" vroeg ik. "Je hebt me dat genot opgedrongen. Kijk naar me. Ik ben vastgebonden aan de tafel en mijn billen, mijn billen zijn pijnlijk." Een traan gleed over mijn wang.

Hij veegde het weg met zijn vinger en antwoordde: "De proeven moesten gedaan worden. Er is niets mis mee om van een klein beetje genot te genieten terwijl je je aan de proef onderwerpt. Je aan mij onderwerpen."

Een sterke, stompe vinger trok langs mijn plooien en ik voelde tot mijn schaamte hoe gemakkelijk hij door mijn nattigheid gleed. "Zie je? Het maakt je nat. Vastgebonden en open zijn voor mij is wat je lekker vindt."

"Hoe kan jij dat weten?" counterde ik.

"Omdat je mijn partner bent. Stel niet in vraag of vecht niet tegen wat een perfecte match is." Hij vond mijn clitoris en mijn heupen kantelden naar hem toe, de zijne om te bevelen en gretig voor zijn nieuwsgierige aanraking. Het was duidelijk dat mijn lichaam en geest niet synchroon liepen.

"Je lijkt inderdaad veel op onze vrouwen. Je zou moeten genieten van mijn vinger hier... en hier."

Ik schudde mijn hoofd. "Dat zou ik niet moeten doen," counterde ik.

Hij gebruikte nu drie vingers, zijn duim op mijn clit terwijl hij er nog twee diep naar binnen schoof.

"Je mag klaarkomen van mijn aanraking, ook al kennen we elkaar niet. Onze lichamen, onze geesten, onze zielen zijn met elkaar verbonden. Geef je over, *gara*."

Mijn armen begonnen te trillen en ik ontspande me op de tafel. Hij vingerde me en vond dat gevoelige plekje binnenin. Terwijl de sonde intens genot teweeg had gebracht, ontlokten zijn vingers iets heel anders. Ze waren veel meer bedreven en een deel van hem. Nog steeds opgewonden van mijn *onderzoek*, kreunde ik en rolde mijn heupen onder zijn hand, gretig naar meer, niet in staat om de wanhopige behoefte van mijn lichaam te ontkennen om helemaal over zijn hand te komen.

"Ja, je bent zeer vergelijkbaar. Ah, mijn partner, ik kan aan je reactie zien dat ik de geheime plek in je heb gevonden die je genot zal brengen. Zie je? Ik heb je handen in de handboeien gehouden omdat ik weet dat je dat fijn vindt. Het verhoogt je genot."

Hij had 'm gevonden, en elk ander geheim plekje dat me heet maakte. Als hij nog langer doorging, zou hij me weer laten klaarkomen. Ik hijgde nu, en was nat, en gekrenkt dat ik zo sterk op hem had gereageerd. Een volslagen vreemde. Dit kon me niet overkomen. Er moet een rationele verklaring voor zijn. "Verdoven ze de vrouwen als ze ze overplaatsen?"

"Nee." Zijn blik veranderde onmiddellijk, van vriendelijk en toegeeflijk naar kil en beledigd. "Wij drogeren onze vrouwen niet voor ons plezier. Zoals je kunt voelen, is het niet nodig. Doen de lafaards op aarde dat met hun partners?"

"Sommigen van hen." Ik had hem beledigd, en dat was niet mijn bedoeling. Maar serieus, wat in de naam van alles wat heilig was, gebeurde er met mij? "Het spijt me, ik wilde..."

"Geen man van waarde heeft drugs nodig om zijn partner te verleiden." Hij haalde langzaam en weloverwogen zijn hand uit mijn poesje en ik voelde me in de steek gelaten. Behoeftig. Zwak. Hij reikte omhoog en bevrijdde eerst mijn ene pols en daarna de andere van de boeien. Terwijl de tranen zich weer in mijn ogen verzamelden, wist ik dat ik zonder enige twijfel mijn verstand aan het verliezen was. Misschien hadden de laatste paar dagen me eindelijk ingehaald. De moord waar ik getuige van was geweest. Het plan om me van de planeet te sturen om verborgen en veilig te blijven. De nieuwe identiteit en verwerking. De angst om naar een nieuwe wereld te worden gestuurd, naar een man die ik nooit had ontmoet.

"Het spijt me, Tark. Ik wilde je niet beledigen.

"Je bent moe en op een nieuwe wereld." Ik keek toe hoe hij zijn glinsterende vingers in zijn mond stak en grijnsde.

Oh, mijn God, hij was me aan het proeven. Het was een erotisch gezicht en ik klemde mijn dijen tegen elkaar om de pijn te verzachten.

"Zoet. Zoals de *rova* vrucht."

Ik kon niet antwoorden, want wat moest ik zeggen tegen een man die net mijn sappen van zijn vingers had gelikt?

"Terwijl jij sliep, hebben Bron's standaard scans geen andere medische problemen gevonden. Aangezien je op dit laatste onderzoek alleen maar met plezier reageerde - geen pijn - neem ik aan dat de overplaatsing gewoon te veel was voor je tere vrouwenlichaam om zonder rust te doorstaan."

Ik kon alleen maar knikken. Ik zou me moeten schamen, bang of beschaamd moeten zijn dat Tark me zo intiem aanraakte. Ik was nog steeds naakt, bloot en kwetsbaar en zeker onder zijn controle. Ik voelde al die dingen, maar mijn geest en mijn lichaam waren in oorlog omdat zijn aanraking mijn lichaam veilig, begeerlijk en zeer, zeer opgewonden deed voelen.

Ik wist niet dat Goran was teruggekomen tot hij sprak. "De dokter is met het laatste transport naar Buitenpost Zeventien."

Tark wendde zijn hoofd niet van mij af. "Mooi zo. Is alles klaar?

"Ja, meneer."

Tark legde de zilveren sonde opzij, stond op zijn volledige hoogte, reikte naar beneden en tilde me op en zette me voor hem op mijn voeten. Ik kon nu zien hoe het instrument eruit zag. Het was beslist een buitenaardse dildo. Als ze die op aarde zouden verkopen, zou Tark een fortuin verdienen.

Goran overhandigde Tark een deken en hij wikkelde die als een cape om me heen.

"Vanaf dit moment is je lichaam van mij. Geen andere man zal zien wat van mij is zonder toestemming. Begrijp je dat?"

Zonder toestemming? Betekende dat dan dat hij het zou toestaan? Ik was verbaasd, maar voordat ik vragen kon stellen, nam hij me in zijn armen en droeg me de tent uit, Goran volgend. De lucht was warm en droog, maar het was donker buiten, het enige licht verschaft door kleine zonne-palen die gloeiden in precieze tussenafstanden in de grond. Ik kon nog net de contouren van de vele tenten zien. Tark en Goran bewogen zich allebei als geesten, hun voetstappen stil. Er waren niet veel mensen; misschien was het al heel laat op de avond. Een dierlijk geluid, zoiets als een balkende ezel, doorbrak de stilte. De voetstappen van de mannen waren te stil voor hun postuur.

Ik keek naar beneden en besefte dat Tark me over een uitgestrekte zee van zand droeg, net zoals ik langs de randen in de medische tent had gezien. Ik was naar een soort woestijnkamp getransporteerd. Hij had de naam ervan gezegd... Buitenpost of zoiets. Ik kon het me niet herinneren.

Goran hield een flap van een andere tent opzij - in het donker zagen ze er allemaal hetzelfde uit - en Tark bukte om me naar binnen te dragen en liet me op mijn voeten zakken. Zachte tapijten lagen in een lappendeken die het zand, waarvan ik wist dat het eronder lag, volledig bedekte. Een bed van zachte dekens en bont stond aan de ene kant van de tent en een kleine tafel bezaaid met schalen met vreemd uitziend paars en blauw fruit stond aan de andere kant.

"Dit is mijn tent voor ons verblijf in Buitenpost Negen. Zoals ik heb kunnen vaststellen, ben je niet gewond door de overplaatsing en makkelijk opgewonden te krijgen."

Tark liep met me mee naar een vreemde tafel in het midden van de kamer, zette me ervoor op mijn voeten en rukte de deken van mijn schouders. Mijn borsten wiegden terwijl ik bewoog, de ketting streek langs mijn buik en trok aan mijn tepels. Ze tintelden door de beweging en het gewicht.

Mijn wangen brandden bij zijn woorden en ik wierp een blik op Goran. De uitdrukking van de man hield geen emotie in. Wat had dat te maken met het feit dat ik in zijn tent was?

"Ik zal je nu neuken," voegde Tark eraan toe. Hij sprak alsof hij zei dat hij me naar de kruidenier zou brengen. Dit was de aarde niet en Tark nam zeker geen blad voor de mond.

Mijn ogen werden groot. Ik rukte aan zijn hand terwijl ik in paniek begon te raken. "Wat? Waarom? We... wacht! Ik wil dit niet."

Hij liet me niet los, maar zijn vrije hand begon op en neer langs mijn blote rug te strijken. Waarom was zijn aanraking zo warm?

"Als je partner, *gara,* ken ik je ware verlangens. Ik weet en begrijp ook hoe ik je hier, op mijn wereld, moet beschermen. Onthoud dat ik je misschien niet altijd geef wat je wilt, maar ik zal je altijd geven wat je nodig hebt."

Ik vond zijn antwoord helemaal niet leuk. Hoe kon hij mijn ware verlangens kennen? We kennen elkaar nog maar net. Mijn poesje krampte echter bij de voortdurende weerkaatsingen van dat medische apparaat. Stom apparaat in de vorm van een dildo.

"Ik *hoef* niet geneukt te worden," antwoordde ik, hoewel ik niet naar mijn tepels hoefde te kijken om te weten dat ze zich hadden verstrakt bij zijn bedoelingen. Toen hij met zijn vingers met mijn kutje had gespeeld, had hij me alleen maar pijnlijker en opgewondener dan ooit achtergelaten. Onbevredigd.

Hij grijnsde naar me en hij zag er zo anders uit, zo knap dat mijn adem in mijn keel stokte.

"Weet je dat zeker? Een paar minuten geleden druppelde je nog op mijn vingers. Je schreeuwde het uit van genot bij het onderzoek van de neurostimulator. Ik likte je sappen van mijn vingers. Wil je dit nu ontkennen?

"Ik probeerde me los te wurmen, maar hij was te

sterk. Hij streelde nog eens met zijn vingers over mijn schaamlippen en tilde ze toen op zodat we allebei de glinsterende nattigheid konden zien.

Mijn wangen vlamden.

"Je lichaam is het niet eens met je geest. Gehoorzaam me of je zal opnieuw gestraft worden."

Ik slikte bij de krachtige toon van zijn stem en voelde nog steeds de pijn op mijn billen. "Alweer? Maar ik heb niets verkeerd gedaan!"

Tark zuchtte. "Je denkt te veel na. Soms is een straf precies wat je nodig hebt." Hij trok me dichter naar de kleine tafel, hoewel mijn voeten zijn pas vertraagden en tegenhielden.

"Gehoorzaam," herhaalde hij terwijl hij op me neerkeek. "Leun over de tafel."

Ik keek naar de vreemde tafel, zeker niet het soort waar men van zou eten.

"Waarom?" vroeg ik, fronsend.

Hij zuchtte opnieuw, maar bleef kalm. "Zijn alle aardse vrouwen zo tegendraads en nieuwsgierig of ben jij het alleen?"

Met een hand op mijn bovenrug boog hij me over de tafel. Zijn aanraking was zacht, maar de bedoeling erachter was duidelijk. Hij zou zijn zin krijgen, en diep van binnen wilde ik dat ook.

De tafel was smaller dan ik eerst had gedacht, en bedekte alleen mijn buik, ik siste toen het koude oppervlak op mijn huid drukte. Mijn borsten hingen naar beneden en de ketting bengelde. Ik voelde de tafel automatisch omhoog gaan tot alleen mijn tenen nog op het tapijt stonden. Tark hurkte neer en bevestigde mijn rechterenkel aan een tafelpoot met een gladde leren riem, daarna de linker aan een andere. Ik probeerde te schoppen, maar het was verspilde moeite. De riemen waren zeer stevig.

"Je kunt tegen de riemen vechten, maar het zal niet baten," mompelde Tark, terwijl hij weer opstond om mijn bovenlichaam weer naar beneden te duwen. Zijn stem was streng. Voorovergebogen als ik was, hield ik mijn hoofd schuin en keek naar hem op, maar mijn lange haar zat in de weg. Zijn ogen waren zo donker, zo intens. Zijn vierkante kaak was gebald. "Het opeisingsproces moet worden voltooid, zodat geen anderen proberen je aan te raken." Tark ging met zijn hand op en neer langs mijn blote ruggengraat met zachte aandacht voor elke welving en kromming. "Je zult geneukt worden. Je enige beslissing is of ik je eerst nog een pak slaag zal geven."

Hij ging met zijn hand over mijn pijnlijke billen en ik huiverde. Het was niet overdreven pijnlijk, maar het was zeker een herinnering dat hij zou doen wat hij zei.

Mijn gedachten dwaalden af naar iets anders dat hij zei. Anderen? Proberen me aan te raken? Zouden ze me ook proberen op te eisen? Zou een klootzak, zoals Bron, me proberen te neuken? Dat vond ik niet leuk klinken.

Tark nam mijn handen en legde ze op kleine handvatten, en bond mijn polsen vast aan de andere tafelpoten. Toen ik naar zijn tevredenheid was vastgebonden, stond hij op. Ik wist dat mijn rode billen en mijn poesje te zien waren, de nattigheid tussen mijn benen veroorzaakte een lichte rilling toen de lucht over mijn naakte lichaam zweefde. Ik had me nog nooit zo kwetsbaar of zo opgewonden gevoeld.

Ik was nog nooit vastgebonden geweest tijdens seks, zeker niet op deze manier. Het gevoel van de riemen die om mijn polsen en enkels zaten was strak, maar ook vreemd genoeg bevrijdend. Mijn geest vocht tegen alles wat Tark deed, mijn gedachten hadden sinds mijn aankomst constant aan me getrokken met schuldgevoelens of schaamte elke keer als mijn lichaam op hem reageerde. Maar nu lieten deze riemen me vrij. Net als met de handboeien toen hij me had onderzocht met dat dildo ding, kon ik alleen maar toegeven, de controle aan Tark geven. Hij zou doen wat hij wilde - wat ik volgens hem nodig had - en ik kon niets anders doen dan me overgeven, zelfs nu niet. Ik hoefde geen beslissing te nemen, geen schuldgevoelens te hebben. Niemand zou me veroordelen of me een hoer noemen als ik hard en snel genomen wilde worden. En hier, nu, voorovergebogen en op het punt om geneukt te worden door de grootste man die ik ooit had gezien, gaf ik voor het eerst in mijn leven toe, dat zo geneukt worden precies was wat ik wilde.

Tark was mijn partner. Gekoppeld aan mij. Alleen aan mij. Hij had mij mijn keuze ontnomen, en mij daardoor op een vreemde manier bevrijd.

"Tark, ik...

"Je zult me meester noemen.

"Meester?" Ik fronste mijn wenkbrauwen. "Meen je dat, want-"

Een harde klap op mijn billen deed me de rest van mijn woorden inhouden. Het was harder dan de slagen die hij me eerder had gegeven en ik schreeuwde het uit.

"*Gara*, pittige *gara*. Een goede neukbeurt is wat je nodig hebt." Hij leunde voorover en rukte aan de ketting die aan mijn tepels zat en zette hem in beweging. Ik hijgde bij het heerlijke gevoel ervan. "Accepteer je mijn opeising, gara? Accepteer je mijn bescherming en mijn toewijding?"

Ik liet mijn hoofd hangen. Goede God. Ik zat echt in de val... een laatste ruk aan mijn riemen liet me dat bevestigen. Tark had me opgewonden, me vastgebonden en me duidelijk gezegd dat hij me ging neuken. Welke man had ik ooit ontmoet die zo direct en bazig was? En waarom vond mijn lichaam dat zo verdomd lekker? Ik wilde Tark. Alleen Tark. Ik wilde niemand anders op deze gekke wereld. Zijn aanraking, zijn aandacht, maakte me zo heet dat ik nauwelijks kon nadenken. Hij had me goed opgewonden, me laten klaarkomen en me zo opgewonden gehouden dat m'n hersenen tot moes waren geworden. Anders had ik gevochten en geschreeuwd om vrijgelaten te worden. In plaats daarvan wachtte ik tot zijn penis me zou vullen.

Het was maar voor een paar maanden tot de rechtszaak. Dan zou ik thuis zijn, terug naar mijn normale leven. Terug naar mijn saaie, eenzame, normale leven. Terug naar mannen waarvan ik wist dat ze niet bij me pasten, niemand die zo perfect bij mijn psychologisch profiel zou passen. Op dit moment had ik een hete, krachtige man, klaar om me te nemen, klaar om me iets te geven waarvan ik niet eens wist dat ik het wilde.

Ik lag daar, mijn kont in de lucht, prikkend en verlangend naar meer, en ik gaf toe aan het ene overduidelijke feit - het verwerkingscentrum op aarde had me aan deze man gekoppeld, en alle argumenten van de wereld zouden me er niet van kunnen overtuigen om mezelf dit genot te ontzeggen. Er was maar één ding dat ik kon zeggen. "Ja."

"Voor de officiële gegevens, Evelyn Day, ben je nu, of ben je ooit getrouwd geweest, gekoppeld, of gekoppeld aan een andere man?"

"Nee." Zijn vraag vertraagde mijn gedachten.

" Heb je biologische nakomelingen?"

"Wat? Ze hebben me al gevraagd..."

Nog een harde slag en mijn kont brandde. "Je zult de vraag beantwoorden."

"Ta... ik bedoel meester!" riep ik, terwijl ik mijn heupen probeerde te verschuiven. "Nee. Ik heb geen kinderen."

"Goed. Ongeacht onze match, ik zal geen vrouw opeisen die aan een ander toebehoort, noch zal ik haar weghalen bij haar kinderen." Tark's hete handpalm wreef over mijn kont, waar mijn zachte huid een helder, briljant roze moest zijn van zijn stevige hand. "Goran, ben je bereid getuige te zijn van de opeising?"

"Ja. De officiële opname is geactiveerd."

Ik verstijfde onder Tark's warme hand. Opname? En waarom was Goran nog steeds hier? Was er nog een ander achter me die ik niet kon zien? Het idee bracht me in paniek. Ze konden me helemaal zien en ik kon er niets aan doen. Ze konden zien dat ik al eerder op m'n billen geslagen was. Het was niet Tark die me bang maakte, maar ik wilde niet gedeeld worden, een gevangene zijn die niet alleen mijn partner bediende, maar ook anderen.

"Tark, ik wil niemand anders hier."

Hij gaf me nog een pak slaag, waardoor mijn dijen zich samenkneepten. "Noem me meester."

"Meester, alstublieft," fluisterde ik. "Straf me als je wilt, maar ik... ik wil geen hoer zijn. Ik ga nog liever naar de gevangenis op aarde."

Vanuit mijn positie kon ik de benen van de mannen zien, maar verder niets. Tark kwam naar me toe, knielde neer en streek mijn lange haar uit mijn gezicht. "Ik ken het woord hoer niet, maar ik begrijp de betekenis. Nee, gara, jij bent van mij. Alleen van mij. Niemand, en dan bedoel ik ook niemand, zal met je neuken, laat staan je aanraken, behalve ik."

Zijn aanraking was opmerkelijk zacht op mijn huid. "Maar Goran..."

"Hij moet ons zien en opnemen voor de systeemmonitoren van het bruidsprogramma. Dat is alles. Ze gebruiken opgenomen neurologische reacties om andere partners en bruiden te beoordelen voor plaatsing. Het is standaard protocol."

Ik fronste mijn wenkbrauwen, maar hij zei niets meer en stond op.

Terwijl mijn geest zich probeerde aan te passen aan deze nieuwe informatie, liep Tark om me heen en stopte om te gaan staan waar ik de benen van beide mannen kon zien. Ik hoorde het geluid van een riem, van een broek die openging, net voordat zijn vingers weer mijn binnenste betastten. De aanblik van Goran's laarzen nauwelijks twee stappen achter hem maakte me woedend. Dit zou me op aarde nooit zijn overkomen. Nooit.

"Standaard protocol om getuige te zijn? Om voorovergebogen te worden en zo geneukt te worden!" schreeuwde ik. Ik vocht tegen de riemen, maar er was geen houden aan. Ik zou weer een pak slaag krijgen voor deze uitbarsting, want het was zeker brutaliteit, maar het kon me niet schelen. "Is het standaard om mijn tepels te laten piercen zonder mijn toestemming? En wat als ik de ketting niet mooi vind? Wat als ik niet versierd wil worden?"

Terwijl ik nadacht, gaf hij me weer een pak slaag. De hete steek - hij hield zich deze keer absoluut niet in - liet me schreeuwen.

Zijn stem en mijn positie veroorzaakten een herinnering in mijn hoofd, net buiten bereik. Maar toen de tafel vlak onder mijn clitoris begon te trillen, herinnerde ik het me. Ik had hiervan gedroomd, om zo genomen te worden. Waarom? Hoe had ik dit gezien toen ik op aarde was? Wat had het verwerkingscentrum met me gedaan? In mijn droom had ik twee mannen gezien die over me praatten, me aanraakten, me neukten. Maar dat was een droom geweest.

Geen droom. *Een opgenomen ervaring van een andere vrouw.*

Dus, die droom in het verwerkingscentrum was helemaal geen droom geweest? Ik herbeleefde de prikkels en lichaamsreacties van een anonieme vrouw die door haar partner werd opgeëist?

Ging een andere krijger dit herbeleven door de ogen van Tark en beslissen dat hij echt een meisje van de aarde wilde?

Allemachtig.

Dan nog, het verwerkingscentrum was één ding. Ik was nu wakker en dit was helemaal niet hetzelfde.

Ik vergat het helemaal toen ik zijn vingers in en uit mijn poesje voelde glijden. "Zo, gara, die stimulator tegen je clitoris moet je geruststellen. Onthoud, ik zal je precies geven wat je nodig hebt."

"En wat is het dat ik nu nodig heb behalve van deze stomme tafel af te komen?"

Hij lachte, maar stopte niet met me te strelen. "Je moet klaarkomen. Je bent drijfnat."

Ik schudde mijn hoofd. "Ik wil dit niet doen terwijl Goran toekijkt. Jullie zijn viezeriken," vloekte ik, tandenknarsend bij de zachte, maar zeer doelbewuste aanraking.

Tark lachte. "Aangezien we aan elkaar zijn gekoppeld, Evelyn Day, moet jij ook wel een viezerik zijn."

Ik? Zoals dit? Wil ik dit? Hij had het mis. "Klootzak," mompelde ik.

"Blijf je haar op zo'n manier tegen je laten praten?" vroeg Goran, zijn stem klonk heel verbaasd. Waarom ging niemand met hem in discussie?

"Je kunt aan de kleur van haar mooie kont zien dat ze een pak slaag heeft gekregen voor haar brutaliteit tegenover Bron. Ze is nog geen twintig minuten wakker en op Trion. Ik geniet van haar vuur en ik geniet ook van het zien van mijn handafdrukken op haar kont. Ze reageert nu uit angst voor het onbekende. Ook al is ze opgewonden, haar verstand bestrijdt dit. Ze is een eerbare vrouw, die niet zomaar een man neukt om haar verlangens te stillen.

" Daarom, en alleen daarom, zal ik het toestaan. Trouwens, ik zal genieten van het weelderige gevoel van haar heupen, de zachtheid van haar huid." Hij streelde met een hand over mijn lichaam, schampte de zijkant van mijn borst voor hij mijn middel vastpakte. "Mijn penis is hard voor haar en ik zal enorm genieten van het neuken van mijn partner. Evelyn Day, *gara*, je *zult* het lekker vinden. Neuken is nooit een straf, maar een beloning. Het is mijn taak om nu in jouw behoeften te voorzien. Jij behoort mij toe."

Hij streelde zijn vingers over mijn binnenste lippen, en omcirkelde toen mijn clit. Beloonde hij me?

Ik hapte naar adem bij het intense genot dat zijn lichte aanraking teweegbracht. "Dan... waarom moet je me vastbinden? Als je zo zeker bent van je dapperheid, laat me dan los."

Zijn hand kwam weer op mijn billen, toen weer.

"Misschien is je brutaliteit omdat je graag geslagen

wordt. Hmm, je opwinding druipt wel uit je poesje als ik het doe. Iets om over na te denken."

"Wat?" riep ik, maar verstilde. Dacht hij dat ik het leuk vond om gestraft te worden? Dat ik ruzie met hem maakte omdat ik wilde dat hij doorging?

"Ik ben een vreemde voor je, maar ik ben je partner. Het is moeilijk. Ik begrijp het." Zijn hand streelde over de hete huid die hij had geraakt. Het was vreemd, de tegenstrijdigheid van zijn harde pak slaag gevolgd door een zachte streling. Hij was geen wrede man. Dat wist ik al. "De riemen, je positie, ze zijn symbolisch voor onze manier van leven, voor het geschenk van jezelf aan mij. Deze eerste aanspraak is een ritueel dat hier al honderden jaren bestaat. Dit is de manier waarop ik je moet nemen, en je als de mijne moet markeren met mijn zaad. Het zorgt er ook voor dat we verenigbaar zijn; maar ik hoef je niet te neuken om te weten dat je voor mij gemaakt bent. Je poesje is gretig en mijn behoefte aan jou is bijna pijnlijk."

Hij boog zich over me heen en zijn harde lengte kwam op een intieme manier in contact met me. Zijn harde borstkas bedekte mijn rug en ik voelde hoe mijn lichaam zich overgaf aan zijn macht, zijn dominantie, toen hij in mijn oor fluisterde. "Je bent vastgebonden, zodat je lichaam weet dat ik de baas ben. Je kunt je angst loslaten, Evelyn Day. Je bent machteloos tegen alles wat ik beveel."

Hij scheidde mijn schaamlippen en ging langs mijn ingang terwijl hij sprak. Ik schreeuwde het uit. Ik kon het niet helpen. Er was iets met zijn aanraking, alsof het elektrisch geladen was, hoezeer ik hem ook bestreed. Het deed mijn poesje tintelen, mijn huid warm worden, mijn bloed dikker worden. Eén vinger gleed naar binnen. Ik kon me alleen maar voorstellen hoe zijn enorme penis zou voelen als hij me zou oprekken. Ik wilde de toppen van zijn vingers zien glinsteren van mijn opwinding, waar ze mijn heupen vastpakten, het plaatje dat we zouden maken met zijn grote lichaam over me heen, zijn heupen op hun plaats voor een zeer grondige neukpartij.

En Goran die alles gadesloeg, toekeek hoe Tark's penis in me verdween. De blikken van beide mannen op mij gericht. Daar.

"Verzet je als je wilt, maar ik zal je laten klaarkomen." Tark stond op en ik beet op mijn lip om de zucht van teleurstelling te stoppen die door mijn keel gierde bij het verlies van contact.

Ik wilde blijven vechten, een afkeer hebben van wat hij deed, want ik moest wel een soort slet zijn om zo schaamteloos opgewonden te worden door een vreemdeling. Door bekeken te worden. Voorovergebogen en vastgebonden. Deze pijn in mijn vagina was onmogelijk te rationaliseren. Het zachte trillen van de vibrator op mijn clitoris bewees dat hij me wilde laten genieten. Of Tark was opmerkelijk bedreven, of ongeacht zijn woorden van het tegendeel, ze hadden me een soort opwindingsmiddel gegeven zodat ik vatbaarder zou zijn voor zijn avances.

Toen hij een tweede vinger bij de eerste naar binnen schoof, kon het me niet echt schelen. Het was niet makkelijk om stil te blijven liggen. Ik wilde mijn heupen bewegen, om zijn aanraking te ondergaan, om zijn vinger nog dieper te nemen. Maar ik kon me niet bewegen, ik kon niets anders doen dan nemen wat hij gaf.

Ik kende deze man niet, was nog maar kort wakker, maar ik wilde nog een orgasme. Deze keer door Tark zelf, niet door een vreemde buitenaardse lichaamssonde.

"Ben je al eerder geneukt?"

Toen zijn vinger over een plekje binnenin wreef, kon ik niet denken, kon ik niet reageren. Ik kon het alleen maar uitschreeuwen. Toen hij zijn vinger uit me liet glijden, me leeg en onvervuld achterlatend, kreunde ik. "*Niet stoppen.*"

"Beantwoord dan mijn vraag."

Ik schoof op mijn tenen. "Wat... wat was de vraag?"

"Ben je al eerder geneukt?" herhaalde hij. Zijn stem was donker en ruw.

"Ja."

Zijn vingers gleden weer bij me naar binnen. Ik kreunde.

Ik hoorde stof ritselen, zag hem dichter bij me komen vlak voordat hij zijn vingers terugtrok en zijn penis tegen mijn ingang voelde drukken. "Ik was misschien niet je eerste, Evelyn Day, maar ik ben je laatste."

Zijn penis was groot en toen hij naar voren duwde, voelde ik mezelf wijder worden en om hem heen strekken. Hij gaf me geen tijd om me aan te passen, maar vulde me volledig.

Ik kreunde toen mijn lichaam zich binnengedrongen voelde. Eigenhandig. Eén hand greep mijn heup, de andere mijn schouder toen hij begon te bewegen. In. Uit. Hard. Snel. Hij bewoog, en ik beet op mijn lip, nam alles wat hij me gaf.

"Je zult komen, *gara*."

Ik schudde mijn hoofd, mijn haar viel over mijn gezicht. Bij elke harde stoot stelde ik me voor hoe mijn moeder haar armen over elkaar sloeg en haar wenkbrauwen veroordelend ophief. Dit was *zo verkeerd*. "Ik kan... ik kan het niet."

Hij leunde over me heen, drukte zich in mijn rug en vulde me met een harde, snelle stoot. De druk van zijn lichaam tegen mijn pijnlijke billen maakte het gevoel dat door mijn lichaam gierde alleen maar erger. "Ik beveel het."

Ik was nog nooit op deze manier genomen. Mijn laatste partner was attent geweest, maar niet overdreven doelgericht. Hij liet me onvervuld en ongeïnteresseerd in seks achter. Maar Tark? Ik had geen idee hoe hij zijn penis zo kon gebruiken om over plekken in mij te wrijven waarvan ik het bestaan niet kende. Mijn vingers waren glibberig op de handgrepen. Ik klemde mijn tanden op elkaar toen de ketting tussen mijn borsten bij elke stoot heen en weer zwaaide.

Ik schudde mijn hoofd, gefrustreerd. Tranen vulden mijn ogen. Ik was zo gretig, wanhopig zelfs, om klaar te komen. Tark was zo goed. Zo hard. Zo groot.

"Ik... ik kan het niet. Ik kom nooit klaar tijdens... Ik weet niet hoe," huilde ik.

Tranen gleden over mijn slapen en in mijn haar.

Hij verstilde in me en kantelde zijn hoofd zodat hij direct in mijn oor fluisterde. "Ben je nog nooit klaargekomen met de penis van een man in je?" Zijn warme adem waaide door mijn nek.

Ik schudde mijn hoofd. "Dat kan ik niet... vooral niet als ik weet dat er iemand kijkt."

Ik voelde meer dan dat ik zijn grom hoorde, want die kwam diep uit zijn borst. "Het is mijn plicht, *gara*, om jou te plezieren. Het is duidelijk dat je bevrediging kunt vinden, want je kwam prachtig klaar met de medische sonde."

"Ja, ik kan klaarkomen met mijn vibrator, alleen niet met een man," gaf ik toe.

Tark hield zich stil diep in mij. "Ik geloof dat ik weet wat een vibrator is, net als de medische sonde met de scans, klopt dat? Zoals de stimulator die tegen je clitoris drukt?"

Ik knikte met mijn hoofd, waardoor mijn haren heen en weer zwiepten.

"Dan zal ik gewoon moeten ontdekken wat het voor jou doet. Wat Goran betreft, negeer hem. We zijn maar met z'n tweeën. Shh," fluisterde hij. "Goed, *gara*, het is tijd om te ontdekken wat jou bevalt."

Daarmee voelde ik de vibratie van mijn clitoris versnellen. Het deel van de tafel direct onder mijn clitoris begon me serieus te stimuleren. Ik herinnerde me dit ook, uit mijn droom. Ik ademde diep in bij het intense genot dat de extra stimulatie teweegbracht. Dit samenzijn ging niet alleen om Tark's genot, maar ook om het mijne.

"Deze vibratiesnelheid bevalt je beter. Je klemt mijn penis vast met je poesje," gromde hij. "Dat is een goed teken, ja?"

"Ja!" riep ik.

Een stompe vinger cirkelde rond de plek waar we verbonden waren toen Tark weer begon te bewegen. De combinatie van zijn penis die in en uit me stootte en de trillingen op mijn clitoris lieten me mijn heupen verschuiven. Ik wilde blijven waar ik was, gespietst op de zeer grote penis van mijn nieuwe partner.

"Wat dacht je hiervan?" Tark drukte zijn vinger tegen mijn achteringang en ik verstijfde, kneep me weer tegen hem aan in de hoop zijn vinger eruit te houden. Tegelijkertijd stroomden er kleine impulsen van intense hitte en genot door me heen bij deze donkere aanraking.

"Ontspan je, *gara*. Laat me binnen. Je zult klaarkomen als je dat doet. Dat beloof ik."

Ik haalde diep adem en liet het gaan, ontspande. Ik sloot mijn ogen toen hij met zijn vinger mijn maagdelijke opening omcirkelde en langzaam naar binnen begon te duwen, terwijl hij ondertussen zijn heupen bleef bewegen en me neukte.

De trillingen versnelden, waardoor mijn clitoris nog meer gestimuleerd werd. Ik schreeuwde het uit toen Tark's vinger mijn kont binnendrong. Ik gilde toen mijn hele lichaam verstijfde, elk zenuwuiteinde kwam tot leven en pulseerde van genot. Op de één of andere manier maakte de erotische combinatie van Tark zijn penis, de stimulatie van mijn clitoris, en het topje van zijn vinger dat langzaam in mijn kontje bewoog, me gek. Ik voelde me alsof ik verloren was in een oceaangolf, heen en weer geslingerd en totaal oncontroleerbaar. De intensiteit van het genot was zo veel meer dan ik ooit eerder had gevoeld. Het feit dat een penis me tot de rand vulde, droeg bij aan het orgasme dat door mijn aderen stroomde. Ik kneep en klemde me aan hem vast - zijn penis en zijn vinger in mijn kont - alsof ik ze nog verder naar binnen wilde trekken.

Ik voelde Tark's hand mijn heup grijpen terwijl hij zijn tempo opvoerde tot hij nog een laatste keer hard stootte en zich diep in mij nestelde. Zijn penis werd dikker en rekte me nog meer uit, net voordat hij kreunde en zijn hete zaad me in stoten vulde.

Onze ademhaling vulde de kamer en hij bleef in me terwijl ik bijkwam. Hoewel het in het begin op de droom van het verwerkingscentrum leek, was het niet hetzelfde afgelopen. Het was niet hetzelfde. Ik liet mijn oude leven achter me en begon mijn eigen weg te zoeken, op mijn nieuwe planeet en met mijn partner.

"We zijn verenigbaar," zei Tark terwijl hij zich langzaam terugtrok en ik hoorde hoe hij zijn broek weer vastmaakte.

Ik slaakte een zucht toen hij dat deed en ik voelde zijn hete zaad uit me druppelen. Hij draaide zich om en nadat hij mijn riemen had losgemaakt, pakte hij mijn hand en hielp me overeind. Ik leunde tegen de tafel terwijl ik mijn evenwicht hervond. Mijn huid was blozend en mijn hart ging nog steeds tekeer. Ik voelde me te uitgeput van niet één orgasme, maar twee, in de korte tijd dat ik op Trion was geweest om mezelf nu te proberen te bedekken.

Ik keek op naar Tark. Ook zijn huid had een blosje en zijn ogen waren zachter, minder intens. Hij keek over mijn naakte lichaam en zijn ogen vernauwden zich en zijn kaak klemde zich samen terwijl hij toekeek hoe zijn zaad langs mijn dijen druppelde.

"Vertel de raad het goede nieuws," zei Tark over zijn schouder tegen Goran.

Hij reikte naar de ketting die tussen mijn borsten bungelde en gaf er een zacht rukje aan. Het was genoeg voor mij om dichter naar hem toe te schuiven en warmte te laten voelen tussen mijn dijen.

Zijn ogen waren gericht op mijn getuite tepels terwijl hij tot Goran sprak. "Maar eerst, bedek haar en breng haar naar de harem."

"Wat?" riep ik. "Laat je me naakt achter met... *hem*?" Ik keek Goran angstig aan.

"Hij zal je beschermen," antwoordde Tark. "Ik moet naar de raadsvergadering en jij gaat naar de harem."

Mijn ogen verwijdden zich door zijn ongevoeligheid, en vernauwden zich toen. Een harem? Hoeveel partners had deze klootzak al? Welk nummer was ik? Twee? Vier? Twintig? "Je hebt me geneukt en bent klaar met me. Ik ben geen bruid, ik ben een neukspeeltje." Ik wierp mijn blik op de andere man. "Het verbaast me dat je me toch niet aan Goran hebt gegeven."

Hij hield de ketting die aan mijn tepels vastzat nog steeds vast en hij wond hem om zijn vinger, waardoor ik gedwongen werd nog dichterbij te komen als ik niet te veel aan mijn tepels wilde laten trekken. Ik kantelde mijn nek nog verder naar achteren om zijn ogen te ontmoeten. Ik was te ver gegaan in mijn opmerkingen, maar ik was bang. Als hij mijn partner was, moest hij dan niet over me waken en me veilig houden? Hoe kon hij dat doen als ik één van de tien vrouwen in zijn leven was?

Ik was pas minder dan een uur op deze planeet en hij ontsloeg me al. Ik wou dat ik contact kon opnemen met het bruidsprogramma en hem nu kon afwijzen, maar ik moest de dertig dagen cyclus afwachten of tot ik teruggeroepen werd om te getuigen. En dan? Ik zou ervoor zorgen dat ze wisten dat ik niet gelukkig was in een harem.

Hij fronste zijn wenkbrauwen. "Ik ken de term *neukspeeltje* niet, maar ik denk niet dat ik hem leuk vind. En ik vind het ook niet leuk dat je aan mijn trots twijfelt."

Ik slikte bij de diepte van zijn stem, de ondertoon van woede die ik hoorde. Ik wilde in plaats daarvan de verzadigde blik op zijn gezicht zien. Ik wilde terug naar een moment geleden, toen ik verzadigd was, en een toekomst overwoog als de enige geliefde en goed geneukte partner van Tark.

"Ik lieg niet. Ik heb je gezegd dat ik mijn partner

niet deel. Mijn zaad druipt langs je dijen. Mijn ketting is prominent aanwezig."

Zijn ketting? Was die ketting hun versie van een trouwring om mijn vinger? Maakte die ketting echt aan de wereld bekend dat ik opgeëist was? Toonde het zijn bescherming? Wat had ik dan moeten doen? Topless rondlopen?

" Stimbollen, Goran." Hij stak zijn hand uit toen Goran wegliep.

Hij wees naar mijn lichaam. "Mijn zaad en ketting zullen ervoor zorgen dat iedereen weet dat je mij toebehoort, waar je ook bent in deze stad van tenten. Je kont, daar ben ik zeker van, is pijnlijk van mijn vinger die je daar voor de eerste keer binnendrong. Je clitoris..." hij reikte naar beneden en stak een vinger tussen mijn benen... "-is hard en gretig naar een nieuw hoogtepunt. Een hoogtepunt dat alleen ik je kan geven, want er zullen geen medische sondes meer zijn of, zoals jij ze noemt, vibrators. Je kont is knalrood van mijn afstraffing. Het lijkt erop dat je dat allemaal niet genoeg vindt om je eraan te herinneren dat je van mij bent."

Ik wilde weg bewegen van zijn verrassende aanraking, maar dat kon ik niet zonder mijn tepels ernstig te bezeren.

Tark draaide de gouden ketting die aan mijn borsten vastzat nog meer rond zijn vinger. Hij tilde zijn andere hand van mijn clit om iets uit Gorans uitgestoken hand te pakken. "Laat ons even alleen."

Zijn bevel aan Goran deed mijn adem stokken. Wat ging hij met me doen?

Tark hield gouden bollen omhoog, twee perfect ronde bollen die verbonden waren met een kettinkje dat ertussen liep, en een andere, veel langere ketting met een gemarkeerde gouden schijf aan het eindpunt.

"Blijkbaar was een pak slaag niet genoeg om je te leren je gebrek aan respect en je scherpe tong in toom te houden. Je gaat deze stimulatiebollen dragen tot ik je kom halen. De ketting moet te allen tijde duidelijk zichtbaar zijn, gara, zodat iedereen die je ziet weet dat ik boos op je ben."

Mijn hart fladderde sneller dan de vleugels van een kolibrie en ik kon alleen maar staren. Een paar gouden ballen ronddragen? Was *dat* straf?

Zijn blik verliet de mijne niet, en zijn greep om de gedraaide ketting die me op mijn plaats hield, liet hij zijn hand zakken naar mijn natte poesje en stak eerst één, en daarna allebei de gouden bollen diep in me. Toen hij zijn hand liet zakken, gleden de bollen langs mijn binnenste spieren terug naar zijn handpalm. Hij hield zijn hand daar, onbeweeglijk, terwijl hij in mijn verbijsterde gezicht staarde. "Je houdt deze in je poesje, *gara*, totdat ik terugkom. Of je krijgt weer slaag. Deze keer zal ik me niet inhouden en zal je een week lang niet kunnen zitten."

Holy shit, hij meende het. En de hele situatie maakte mijn poesje gespannen. Zijn zaad gleed uit me, maar niet de ballen. Zo snel al verlangde ik weer naar hem.

Tark glimlachte naar mijn nattigheid en zijn zaad dat zijn handpalm bedekte, liet zijn hoofd zakken om mijn nek te kussen, en schoof de bolletjes weer in mijn poesje terwijl zijn tong hete lijnen trok over mijn sleutelbeen. Hij tilde zijn hoofd op en haalde tegelijkertijd zijn beide handen van mijn lichaam.

Toen hij losliet, zwaaide de langere ketting die ik had gezien naar beneden tussen mijn dijen. Het gewicht maakte de ketting zwaarder, maar elke zwaai ervan stuurde een kleine elektrische schok naar mijn clit.

Ik hijgde terwijl ik me vastklemde aan het gewichtige metalen voorwerp.

"De bollen zullen je opwinden, *gara*, maar de neuroprogrammering zal je niet laten klaarkomen. Jou laten klaarkomen is mijn taak, en mijn taak alleen." Hij trok met zachte vingers langs de welving van mijn wang en staarde in mijn ogen. "Als je het verwijdert, zal ik het weten. De stimulatiebollen zijn verbonden met mijn bewakingssysteem." Hij wees naar een apparaatje dat hij om zijn pols had gebonden.

"Zodra Goran de gegevens van je opeising uploadt, zal iedereen in de interstellaire coalitie weten dat je de opeising van het Hoge Raadslid hebt geaccepteerd, dat je mij toebehoort. Daarmee," wees hij op de ronddraaiende gouden schijf die tussen mijn dijen hing, "zul je je dat misschien ook herinneren en je tong in bedwang houden."

Hij tilde me even van mijn voeten om er zeker van te zijn dat de schijf draaide. Ik hapte naar adem bij het gevoel van de stimulans in mijn poesje en ik klemde me hard vast. Een mengeling van ongemak en verlangen deed me rillen bij elke slingerbeweging van de gouden ketting terwijl ik toekeek hoe hij de tent verliet. Ik was grondig gestraft, naakt, goed geneukt, en raakte snel weer volledig opgewonden.

4

De pixelafbeelding die met Evelyn Day haar profielinformatie was meegestuurd, was een afschuwelijke weergave van de verbluffende schoonheid die ik net had geneukt. In de afbeelding had het felle licht een paarsachtige gloed op haar huid geworpen, haar haar - echt vuurrood - was gematteerd en leek donker. De zachte lokken waren dat allesbehalve. Ze krulden wild, waren zacht en glanzend en de kleur van de bloedmaan. Op de afbeelding stonden haar ogen wijd open met wat ik me had voorgesteld als angst en haar mond was samengeknepen in een vlakke lijn. De levendige en pittige vrouw die op het afgelegen transportstation was gearriveerd leek in niets op haar officiële profielafbeelding, en dat beviel me enorm.

Toen ze voor het eerst wakker werd, ontmoetten haar ogen eerst de mijne. De *mijne*. Bron was een *eikel* geweest, die haar graag wilde pakken onder het mom van geneeskunde. Hij had zelfs een erectie voor mijn partner. Zijn werk voor mij was voorbij en hij zou niet in de buurt van Evelyn Day komen. De onethische *zak* zou blij zijn een positie te krijgen op een schip op weg naar de diepe ruimte.

Ik kon niet geloven dat Evelyn Day uit miljarden potentiële partners was uitgekozen om echt van mij te zijn. Ik kon nauwelijks wachten tijdens het onderzoek - dat proces had mijn behoefte alleen maar erger gemaakt - om mijn zaad haar romige witte dijen te zien bedekken. Misschien was mijn gretigheid er één van een overmatig geile puber, maar ik had zo lang op haar gewacht.

Maar nu vreesde ik dat het lange wachten me niet alleen gretig, maar ook te vriendelijk had gemaakt. Mijn partner was een crimineel, veroordeeld voor moord. Zelfs Goran had mijn daden in twijfel getrokken toen hij zag hoe ik met haar omging. Mijn partner was een moordenaar. Maar toen ik in haar ogen keek, elke tik van haar polsslag in de gaten hield, haar ademhaling volgde en de reactie van haar weelderige lichaam op mijn aanraking proefde, kon ik dat ene simpele feit niet uit mijn gedachten houden.

Evelyn Day. Achtentwintig. Veroordeeld voor moord.

Het Interstellaire Bruidsprogramma had haar naam, leeftijd, die drie woorden en een pixelafbeelding gestuurd. Verder niets.

Wie had ze vermoord, en waarom? Ik was een soldaat en ik wist wat het kost om een leven te nemen. Ik had het vele malen gedaan. Sommigen verdienden het te sterven, maar anderen volgden bevelen op, of vochten aan de verkeerde kant. Sommigen vochten om hun huis of hun partner te verdedigen. Anderen genoten van de smaak van leven en dood op hun tong.

Evelyn Day had niet de ogen van een vrouw die van moorden hield. Ze was zacht en warm. Haarzelf aan mij geven had haar poes heet genoeg gemaakt om mijn penis te verschroeien. Zo'n zoete kwelling.

Moordenaar of niet, er was geen kans dat ze me kwaad kon doen. Ik lachte bijna hardop bij het idee. Ik was niet bekend met de mannen van de aarde, maar ze was te klein om een gevaar voor me te zijn; haar hoofd kwam maar tot aan mijn schouder. Ze was opvliegend en respectloos geweest, maar ik kon haar acties niet kwalijk nemen. Ze was net van haar planeet verbannen en was nu de partner van een vreemde. Dat betekende niet dat haar gedrag ongestraft kon blijven. Ze had een pak slaag nodig om te leren dat haar brutale gedrag niet getolereerd zou worden. Nadat ik haar over mijn dijen had getrokken en haar de klappen had gegeven die ze verdiende - zij het lichter dan ik zou doen als ze eenmaal gewend was - wist ze wie de baas was en aan wie ze zich moest overgeven.

De bleke huid van haar kont zien veranderen van roomwit naar vurig rood had mijn penis keihard gemaakt. Het zachte vlees zien trillen bij elke slag, mijn handafdruk zien vormen... verdomme. Ik was niet de enige die ervan genoten had. Ze zou het zeker tegenspreken, maar ze was erdoor opgewonden. Het testen matchte haar onderdanigheid met mijn behoefte aan controle. Het zou slechts een kwestie van tijd zijn voordat ze dit zou inzien en toegeven.

Tot dan... zou het plezierig zijn om haar te zien vechten, om zich dan uiteindelijk aan mij over te geven. Met een tevreden grijns controleerde ik mijn monitoren en zette de stimulatiebollen die ik in haar poesje had laten zitten op de laagste stand voor twee uur. Ik was van plan om in de helft van die tijd klaar te zijn met mijn vergadering, en ik wilde haar poesje gezwollen en gretig voor meer. Ik kon niet wachten om haar thuis te brengen, veilig, waar ik haar kon neerleggen en proeven, mijn tijd kon nemen en elke centimeter van haar romige huid kon verkennen. Ik was nog geen week in Buitenpost Negen, maar ik was klaar om terug te gaan naar het paleis. Nu, meer dan ooit.

Ik had Evelyn Day geen kans gegeven om aan mij of Buitenpost Negen te wennen, want daar was geen tijd voor geweest. Het was niet alleen mijn penis die mijn daden bepaalde, maar ook Trion's gewoonte. Ik moest haar onmiddellijk neuken. Als ik dat niet had gedaan, had een ander haar kunnen opeisen. Haar schoonheid zou hier niet onopgemerkt blijven. Vrouwen waren kostbaar en zeldzaam, zeer gewaardeerd. Velen zouden vechten om haar te bemachtigen, en het was mogelijk dat ze gekwetst of opgeëist zou worden door een man die het niet waard was. Als het om Evelyn Day ging, was ik de enige waardige man in het universum. Ik gromde in bezetenheid bij het idee.

Ze droeg mijn versiering, de ketting voegde schoonheid toe aan haar volle borsten en betekende dat ze van mij was. Met mijn zaad dat haar poesje en dijen markeerde, zou er geen twijfel zijn. Haar veiligheid was mijn grootste prioriteit. Haar aankomst was een schok geweest, de timing helemaal verkeerd, maar ik was niet van plan te klagen. Dat de match plaatsvond terwijl ik bij de hoge raad in Buitenpost Negen was en niet in het paleis, zou ons beiden ongelegen komen, maar ik zou me aanpassen. Haar hier veilig houden zou moeilijk kunnen zijn, maar het zou gebeuren.

Ik kon het niet over mijn hart verkrijgen te betreuren dat Evelyn Day haar eerste neukpartij had boven een ceremoniële tafel in een tent, en niet in mijn paleiskamer, waar ze mijn bed niet uit hoefde. In plaats van al haar heerlijkheden te leren en te beginnen met haar training van mijn manieren, had ik haar naar de harem moeten sturen om er zeker van te zijn dat ze goed beschermd was. En die voorzichtigheid was gegrond.

Als de andere mannen haar zagen, zouden ze haar ook willen. Haar heldere rode haar was een zeer ongewone kleur, zelden gezien op Trion. Haar lichaam was weelderig en had de meest verrukkelijke rondingen. Zoveel passie in zo'n klein, zo zacht, zo verrukkelijk mooi rond en vol. Ik drukte met meer kracht dan nodig op de knop van het bad bij de gedachte aan haar volle borsten die met elke beweging van haar lichaam mee wiegden.

De deur van het bad ging open, ik stapte erin en liet het water op me sproeien en om me heen stromen.

Met gesloten ogen dacht ik aan haar bolle buik, het zacht afgeronde lichaam dat spoedig met mijn kind zou meegroeien. Haar heupen breed en weelderig om vast te houden terwijl ik haar neukte.

Het water ging uit en de droogcyclus begon.

Ik was blij dat ze al klaargekomen was, want ik hoefde me geen zorgen te maken dat ik haar pijn zou doen. Maar ik was verrukt - en verbaasd - dat ik ontdekte dat de binnenkant van haar poesje nog nooit had gesidderd rond een dikke penis van een andere man, dat nog nooit iemand erin was geslaagd haar dat genot te bezorgen. Degenen met wie ze op aarde was geweest, waren geen echte mannen als ze een vrouw van Evelyn Day's schoonheid niet konden laten klaarkomen over hun penis. Het zou mijn ultieme doel in het leven zijn om haar zo vaak mogelijk te laten klaarkomen.

Ik wist niet of ik de goden of de wetenschap moest danken voor de perfecte combinatie. Hoe dan ook, ik twijfelde er niet aan dat Evelyn Day voor mij was. Ze had echter tijd om te beslissen. Daarom moest ik een evenwicht zien te vinden tussen haar plezieren en haar roekeloos en mogelijk gevaarlijk gedrag binnen de perken houden. De gedachte dat ze een ander zou kiezen, dat een andere man haar zou aanraken, neuken, beschermen en koesteren, deed mijn maag samenkrimpen.

Ik kleedde me snel aan en liep naar de tent voor de algemene raadsvergadering. Ik duwde mijn woede en frustratie weg over alle mogelijke politieke implicaties van mijn nieuwe partner en genoot van de aanhoudende gevoelens van bevrediging die ik in haar lichaam had gevonden. Velen in de raad maakten er geen geheim van dat ze mijn rol wilden overnemen en de mantel van de macht van mijn schouders wilden nemen. Het idee dat één van hen Evelyn Day zou willen gebruiken als pion in een staatsgreep deed me mijn handen tot vuisten knijpen.

Misschien was mijn stemming - boos en nors - beter dan die van een tevreden minnaar voor deze vergadering van de algemene raad. Voorlopig wist ik dat mijn partner in de harem was, dat zij, samen met de andere vrouwen, veilig was. Pas als we terug waren in het paleis en zij beschermd was, niet alleen door de dikke muren maar ook door mijn trouwe lijfwachten, zou ik weer rustig adem kunnen halen. Ik kon haar zelfs niet toestaan bij mij te slapen, zoals ik wenste, uit vrees dat zij 's nachts zou worden aangevallen door hen die mijn plaats wilden innemen.

"Ze is veilig," zei Goran toen hij naderbij kwam, zijn voetstappen gedempt in het zand. Ik wendde me tot mijn tweede-in-bevel en knikte. Met de wetenschap dat Evelyn Day onder de ogen van de goed getrainde bewakers was, kon ik me op de zaak concentreren. Ik opende de tent, dook weg en ging naar binnen. De algemene raad stond in eerbied voor mijn rang als hoge raad onder hen.

" Neem plaats," zei ik, terwijl ik me naar het verhoogde podium bewoog en me op een kussen liet zakken, zoals de anderen voor mij deden.

"We hebben gehoord dat je partner is gearriveerd." Raadslid Roark grijnsde naar me en ik knikte met mijn hoofd. Hij was jong en nog niet gekoppeld. Als raadslid van het zuidelijk continent was hij mijn naaste bondgenoot, maar ook de meest mannelijke van de groep. Evelyn Day zou hem zeker in verleiding brengen.

"Ja, en ze is opgeëist." Ik hief mijn kin op naar Goran, die van zijn plaats naar voren stapte, staande langs de omtrek van de vergadercirkel.

"De partner van Hoge Raadslid Tark is gearriveerd. Ze heeft haar medische onderzoeken doorstaan en is opgeëist volgens onze protocollen. Alle gegevens zijn al naar het Interstellaire Bruidsprogramma gestuurd voor verwerking." Hij noemde de feiten met een stem die geen tegenspraak duldde en ik was dankbaar. Goran was loyaal. Een goede man, en één die wachtte op de komst van zijn eigen partner. Hij zou naast me vechten, zelfs met me sterven om Evelyn Day te beschermen.

"Goed dan. Bedankt, generaal Goran." Raadslid Roark knikte ernstig en ik besefte dat hij in mijn belang had gehandeld en ervoor had gezorgd dat de status van mijn partner duidelijk was voor alle aanwezigen. Ik kantelde mijn hoofd naar hem als dank en erkenning.

"Een crimineel. Een moordenaar? En dit is het type vrouw waarvan je verwacht dat wij haar gehoorzamen? Dat we boven alle anderen respecteren?" Raadslid Bertok was een verbitterde oude man die al twee partners had verloren. Hij was negentig jaar oud op één dag na, en zijn bleekblauwe blik was altijd koud en gevoelloos. "We kunnen allemaal in onze slaap gedood worden. Een ruige vrouw uit de wildernis zou een betere partij zijn dan een veroordeelde van een andere planeet."

"Ik heb mijn partner geaccepteerd. Haar opgeëist. Er zal geen discussie meer zijn." Ik wilde de oude man met mijn blote vuisten tot een hoopje moes slaan, wilde de hete spetters van zijn bloed op mijn huid voelen. "Niemand bedreigt mijn partner en haar leven." Ik wierp een blik op elke man in de kring om er zeker van te zijn dat ze de oprechtheid van mijn woorden begrepen.

"Begrijpelijk, Hoog Raadslid. Misschien een publiek pak slaag. Je moet je kracht tonen en je partner laten weten wie de baas is." Ik negeerde het raadslid links van mij en zijn gretige suggestie. Niemand zou Evelyn's pijn zien behalve ik, en zelfs dan zou het gebonden zijn aan haar plezier.

Ik bekeek de man zorgvuldig. Hij bedoelde het niet oneerbiedig en bedreigde Evelyn Day niet rechtstreeks; op sommige delen van de planeet was een openbare afranseling een manier voor een man om zijn heerschappij over zijn vrouw te tonen. Het idee was barbaars en iets wat ik probeerde te verbieden.

"Wanneer zal de openbare afranseling plaatsvinden?" Nog een stem, deze keer van de andere kant van de cirkel.

De opmerkingen en meningen gingen door... en escaleerden. Het bereikte een volume en intensiteit waardoor ik er genoeg van had. Ik stak mijn hand op en de stilte viel. Als heerser vond ik het belangrijk om de meningen en gedachten van de raadsleden te horen. Ik wilde nooit dat degenen die ik regeerde het gevoel hadden dat ze niets te zeggen hadden. Voor vandaag was hun stem gebruikt voor planetaire zaken. Ook al was ik het Hoge Raadslid, mijn persoonlijke leven en mijn partner stonden niet ter discussie.

"Zoals de gewoonte is, en zoals mijn onderbevelhebber heeft gezegd, heeft ze haar eerste vrijpartij gehad." Ik hield mijn hoofd schuin naar Goran die aan de zijkant zat en nogmaals bevestigend knikte. "De daad is gezien, opgenomen en gerapporteerd." Mijn hand balde ik tot een vuist en ik wenste dat ik mijn vingers om een mes kon leggen. Geen van deze mannen zou het persoonlijke genot van mijn partner zien. Ik zou het niet delen. Nooit.

"We hadden er allemaal bij moeten zijn." Raadslid Bertok sprak weer. Hij kwam uit het buitengebied, de wildernis waar hij het over had gehad, en ik wist dat hun gewoonten met betrekking tot hun partners veel meer brute kracht was dan zachte dwang. Hoewel ik wist dat de eerste vrijpartij moest worden bijgewoond, betekende dat niet dat ik het leuk vond om verwaande idioten als hij te voorzien van sensueel vermaak ten koste van mijn partner. Mijn leven als leider werd constant in de gaten gehouden, maar er was één aspect dat privé zou blijven. Eénmaal terug in het paleis, zouden mijn daden met mijn partner voor ons alleen zijn. Zelfs Goran zou niet aanwezig zijn. Ik zou haar trainen volgens mijn persoonlijke verwachtingen, niet volgens die van de hele raad.

Ik reageerde niet op de opmerking, maar zei: "Ik heb haar opgeëist. Ze is gemarkeerd met mijn zaad en ze draagt mijn ketting. Er zal geen verdere discussie zijn." Ik kromde mijn vingers en wenkte Goran bij me te komen. "Als jij naar de agenda van deze zitting kijkt, kunnen we beginnen met de economische winst die in sector vier is geboekt."

Ik richtte mijn aandacht op de reden van deze bijeenkomst. Als ik over m'n partner bleef praten, zou ik nog langer van haar weg zijn. Haar leven op aarde - of wat ze had gedaan om verbannen te worden - ging me niets aan. Ze was nu hier bij mij en ik zou haar niet laten gaan.

"Kijk naar de ketting die tussen haar benen bengelt. Ze heeft hem geen plezier gedaan." Door de schelle stem van de vrouw draaide ik me om, de ketting tegen mijn dij zwiepend terwijl ik dat deed. Ik hapte naar adem en pakte de ketting op om hem vast te houden zodat hij de wanden van mijn poesje niet meer zou prikkelen. Dat lukte niet. Ik had de bollen nog maar een paar minuten in mijn lichaam en ik was klaar om te huilen en Tark te smeken om verlichting van het constante genot. Het was een subtiel gezoem, genoeg om me voortdurend te herinneren aan zijn controle over mij - en mijn orgasmes - maar niet genoeg om me die zoete bevrijding te bezorgen.

Ze trilden en pulseerden net als de medische sonde, maar op een veel subtielere manier. Doordat ik ze binnen moest houden, moest ik mijn binnenwanden dichtklemmen, wat de heerlijke marteling alleen maar verergerde.

Een aantal vrouwen stond voor mij. Ze droegen allemaal een identiek, eenvoudig kledingstuk dat eruitzag als een doorschijnende onderjurk. Ik kon de omtrek van tepelringen door het dunne materiaal heen zien, maar ik kon niet zien dat er bij één van hen een ketting tussen was bevestigd, zoals bij mij het geval was.

De vrouw die had gesproken was mooi, behalve de grijns op haar gezicht. Haar donkere haar viel lang over haar rug. Ze was lang en slank met kleine borsten en een slanke taille. Ze was alles wat ik niet was.

De huid van mijn billen deed pijn en ik vroeg me af of ze de sporen konden zien die Tark's aanraking op me had achtergelaten door het dunne slipje dat Goran me had gegeven om te dragen. Mijn teint was zo bleek dat ik zelfs een blos niet kon verbergen. Een rode kont zou zeker opvallen. Ze keken me aan alsof ik van een andere planeet kwam - wat ook zo was.

"Ik ben Kiri," zei één van de vrouwen terwijl ze naar voren stapte. Ze was kleiner dan de vervelende en hoewel ze nieuwsgierig keek, was er geen kwaadaardigheid. Met een schuine beweging van haar hoofd voegde ze eraan toe: "De anderen zijn Lin, Vana, Ria en Mara."

Ik wist niet wie wie was, dus knikte ik naar hen allemaal.

"We waren aan het knutselen toen jij binnenkwam. Alstublieft, kom bij ons zitten."

De ruimte was vergelijkbaar met die van Tark, met tapijt dat de grond bedekte. Gelijkaardige lampen zorgden voor een zachtgele gloed in de kamer. De lucht was warm en de geur van amandelen vulde de lucht. Ik herkende de geur uit mijn droom in het verwerkingscentrum.

Ze draaide zich om, samen met de anderen en installeerde zich aan een tafel waar ze kleine stukjes hout leken te snijden. Er waren verschillende comfortabele stoelen, een lage koffietafel - God, hadden ze hier koffie? - en een andere hoge tafel tegen een muur die vol stond met verschillende schalen met eten en kannen met verschillende gekleurde vloeistoffen. Hoewel ik een harem als een soort gevangenis beschouwde, er waren tenslotte bewakers buiten, kwamen de voorzieningen overeen met die van Tark's eigen tent.

De dames gingen aan de slag, behalve de dunne, mooie dame. Ze staarde me aan alsof ik bij het vuilnis was gezet.

"Hij zal je afwijzen," snauwde ze.

"Mara, laat haar met rust," zei Kiri.

Mara rolde met haar ogen bij de woorden van de andere vrouw, maar alleen ik kon de walging en afgunst op haar gezicht zien. "Ik hoor dat alleen veroordeelden van de aarde worden gestuurd. Wat was jouw misdaad?"

Ik zou geen vrienden met Mara worden, dat was wel duidelijk. Misschien zou een beetje angst helpen, dus vertelde ik haar de waarheid. "Moord."

De andere vrouwen stopten met hun werk en één siste van de pijn. "Ah, ik heb in mijn vinger gesneden."

Ze hield haar gewonde hand in haar andere terwijl de vrouwen om haar heen draaiden om haar te verzorgen.

"Ik kan helpen." Ik wilde om Mara heen stappen, mijn medische training spoorde mijn lichaam aan voor ik tot bezinning kwam.

Mara gaf me een duw op mijn schouder. "Helpen? Door haar ook te doden?"

Ik pauzeerde en keek toe hoe een klein apparaatje over de wond werd gezwaaid. Er kwam een blauwe gloed uit en in de volgende momenten stopte de wond met bloeden en genas voor mijn ogen.

Hoewel ik een dokter op aarde was, leek het erop dat de medische vooruitgang op Trion veel beter was. Mijn wetenschappelijke geest vond het fascinerend. "Dat is verbazingwekkend. Je bent helemaal genezen?"

De vrouw maakte het bloed van haar handen schoon met een vochtige doek, aangeboden door één van de anderen, en hield toen de inmiddels genezen vinger omhoog. Ze glimlachte en knikte. Er was nog zoveel te leren en ik stond te popelen om het geneesmiddel te onderzoeken.

Mara nam mijn arm en liep - niet al te zacht - met me mee door de tent, zodat de anderen haar vieze woorden niet konden horen. "Hij heeft ons allemaal geneukt, weet je."

Toen ik fronste, glimlachte ze en ging toen verder.

"Weet je dat niet? Hmm. Tark neukt alle vrouwen. Jij bent niets bijzonders voor hem. Hij kan ieder van ons oproepen om hem te behagen, wanneer hij maar wil. Zijn keuze."

Ze keek op me neer en wierp haar ogen minachtend over mijn mollige lichaam.

"Waarom ben ik dan hierheen gestuurd en aan hem gekoppeld?" vroeg ik, terwijl ik mijn kin omhoog hield. Ik wilde haar niet laten zien dat ze me van streek had gemaakt. Het idee dat Tark met Mara zou zijn, of met welke andere vrouw dan ook - nee, *met alle andere vrouwen* - deed mijn maag omdraaien.

"Omdat hij een erfgenaam nodig heeft. Kijk eens naar jezelf. Overvoed, brede heupen, hangende boezem. Je bent gemaakt om te baren. Ik..." ze gooide haar haar naar achteren, "was gemaakt om te begeren."

De tentflap ging open en één van de bewakers stak zijn hoofd naar binnen en keek om zich heen. "Mara, kom onmiddellijk. Hij wil je nu."

Mijn mond viel open en haar ogen lichtten op van triomf. Ze rolde haar schouders naar achteren en plukte aan haar tepels door haar slip heen tot het strakke punten waren, de ringen duidelijk afgetekend. "Zie je?" riep ze met een achterwaartse blik en vertrok toen, de tentflap met een klap achter zich sluitend. Ik stond haar na te staren, voelde me uitgehold en leeg, met twee bollen in mijn poesje en de vastgemaakte ketting in mijn hand als een hond met zijn eigen leiband. Zelfs de trillingen die ze uitstraalden deden me niets meer.

Ik was misschien maar een uur of twee van de planeet af geweest, maar ik was al geneukt en tekortgedaan door mijn eigen partner. Mara had verklaard dat Tark alleen in mij geïnteresseerd was als voortplanting - waarom zou hij mij voor iets anders willen hebben? - en hij had haar geroepen om zijn onverzadigbare lust te stillen, enkele minuten nadat hij zijn zaad over mijn dijen had zien glijden. Ik was slechts één van de velen in zijn harem. Ik was niet aantrekkelijk, ik was gewoon het mollige meisje dat baby's kon baren.

Dus hier was ik, voorbestemd om niets meer dan een kweekmachine te zijn, voor altijd behandeld als een crimineel? Een moordenaar? Ik was niet veel op aarde, maar zelfs daar was ik meer dan dit. Een onschuldige arts zonder liefdesleven? Ja. Maar ik genas mensen, ik doodde ze niet.

Nu, hier op deze zanderige planeet, was ik niets anders dan een baby fabriek. Een biologische machine. Maar ik, de vrouw? De bruid? De genezeres? Ik was waardeloos.

"Waar moet ik slapen?" vroeg ik aan Kiri. Ik kon de neerslachtigheid in mijn stem horen. Ze hief haar hoofd op en gaf me een sympathieke glimlach.

"Daar doorheen." Ze wees naar een opening in de tent die ik nog niet had gezien. Ik dook erdoor en zag dat het een tweede tent was, die met elkaar verbonden waren.

Binnen lagen stapels zacht geweven dekens en bont op verhoogde platforms, vergelijkbaar met bedden. Er was nog een tafel met een mand met brood en fruit en een veldfles met een heldere vloeistof waarvan ik aannam dat het water was. Eén blik op het eten en mijn maag begon te rommelen.

Ik vond een kleine ruimte waar de dekens opgevouwen lagen en niet gebruikt leken te worden. Ik klom erop, trok de warme dekens over me heen, legde mijn nieuwe riem zo neer dat de prikkeling van mijn binnenste zou stoppen, en rolde op mijn zij met mijn gezicht naar de zachte wand.

Ik verschoof me voorzichtig, bang dat ik de andere ketting zou grijpen en aan mijn tepels zou trekken, maar eenmaal gesetteld, raakte ik afgestemd op andere delen van mijn lichaam. Ik was nat tussen mijn benen, Tark's zaad sijpelde nog steeds uit me. Ik had pijn van binnen, want hoewel ik zijn penis nooit heb gezien, wist ik dat hij groot was geweest. Te groot voor mijn nauwelijks gebruikte lichaam, en nu gevuld met metalen ballen die hij stimbollen had genoemd. Dan was er mijn kont. Ook daar deed het pijn, want er was nog nooit iets in geweest, zelfs niet een vingertopje. Mijn billen prikten van zijn straf, een gloeiende hitte die hopelijk snel zou verdwijnen. Mijn lichaam was nog zacht en buigzaam van de orgasmes die Tark uit me had gewrongen. Het feit dat ik zo snel had gereageerd, maakte mijn ellende alleen maar groter.

Hoe kon één man me zowel geestverruimend genot als hartverscheurende teleurstelling bezorgen? Hij had Mara geroepen nadat hij me naar de harem had gestuurd. Een harem! God, ik was slechts één van de velen voor deze man. Hij zei dat ik zijn partner was, dat ik bij hem hoorde, maar hij hoorde niet bij mij. Was dat de gewoonte hier? Hoe kon een psychologisch profiel of onderzoek mij hebben geïdentificeerd als het type vrouw dat gelukkig zou zijn als één van de vele vrouwen in het bed van een alleenstaande man? Er moest een vergissing zijn.

Niet dat het wat uitmaakte. Ik moest mijn hoofd erbij houden. Er was veel dat ik de komende weken zou moeten doorstaan, maar ik moest ook onthouden dat als het proces eenmaal begon, ik terug zou worden getransporteerd om te getuigen, om terug te keren naar mijn leven op aarde. Tark zou aan de andere kant van de melkweg zijn. Mara, de trut, zou aan de andere kant van de melkweg zijn. Ik hoefde alleen maar te overleven in de tussentijd. De aanklager had gezegd dat het proces over drie maanden zou plaatsvinden, maar de datum was nooit gegarandeerd.

Ik kon tenminste niet zwanger worden voordat het strafrechtsysteem van de aarde me liet komen. Godzijdank. Wat zou er gebeuren als ik zwanger raakte voor ik naar huis ging? Wat zou ik doen met het kind van Tark dat in mijn baarmoeder groeit op aarde? Gelukkig had ik, als onderdeel van het getuigen beschermingsprogramma, een implantaat dat zwangerschap zou voorkomen. Op een dag, zou ik het laten verwijderen. Maar niet hier. Niet nu. Ik was geen babymachine.

Ik huiverde onder de dekens. Ik zat hier voor een paar weken opgesloten. Misschien drie maanden. Wat zou er in de tussentijd met me gebeuren? Ik was moe, uitgeput, en de bollen in mij bleven pulseren. Ik reikte tussen mijn benen om over mijn clitoris te wrijven. Hij had gezegd dat ik er opgewonden van zou worden, maar niet genoeg om klaar te komen. Plotseling kwaad over mijn hachelijke situatie, wilde ik zijn woord testen, om te ontdekken of zijn beweringen over het apparaat waar waren. Bovendien wilde ik de pijn tussen mijn dijen verlichten, om weg te zinken in gedachteloos genot voor de duur van een orgasme. Ik omcirkelde mijn clitoris met de platte kanten van mijn vingers. Ik was glibberig en nat. Tark's zaad was volop aanwezig.

Ik drukte mijn hielen in het bed en bewoog mijn heupen. Ik wist precies hoe ik mezelf moest laten klaarkomen, ik had het vaak genoeg gedaan. Maar deze keer dacht ik aan Tark, zag zijn gezicht in mijn gedachten, deed alsof de trillende bollen diep in mij zijn penis waren. Het was genoeg om me te laten hijgen van genot, om mijn binnenwanden samen te laten knijpen. Ik werkte een paar lange minuten aan mijn clitoris voordat ik op adem kwam en ineen zakte, terwijl de bollen bleven zoemen. Maar, zoals Tark had beloofd, voorkwam de programmering dat ik een orgasme kreeg. Ik was plakkerig en zweterig, opgewonden en totaal onvervuld.

Helaas deed de extra stress van de drang op mijn lichaam niets aan mijn vermoeidheid. De pijn in mijn borst was zeker veroorzaakt door de overplaatsing, en niet door een gevoel van verraad. Ik gaf niets om de man die me had opgeëist. Me neukte. Me had gebruikt en me had achtergelaten bij die kakelende vrouwen. De enige straf die de gouden bollen hadden opgeleverd was vernedering tegenover Mara, en nu, een diepe en pijnlijke pijn in mijn binnenste, een pijn die verlangde gevuld te worden. Een pijn die me eraan herinnerde dat ik voor Tark niets anders was dan een machine die hij wilde gebruiken om erfgenamen te produceren. En Mara? De verachtelijke vrouw kwam nu waarschijnlijk klaar over Tark zijn penis, gespreid en vastgebonden aan die kleine tafel, hem meester noemend terwijl hij haar van achteren nam.

Het beeld deed pijn, en dat had niet gehoeven. Tark was niets voor mij. Ik kende hem pas een paar uur. Ik moest redelijk zijn. Logisch. Ik probeerde mezelf af te leiden door aan thuis te denken. Wandelingen in het park. Koffie en chocolade. Mijn warme bed in mijn mooie, comfortabele appartement.

Ik zou snel genoeg thuis zijn. Ik moest dit overleven tot dan, en onthouden dat Tark niet van mij zou zijn. Niet echt. Niet voor altijd.

Natuurlijk, Mara was een trut. Tark was misleidend. Ik wist niet meer wat ik moest denken, en het kon me ook niet schelen. Ik wilde alleen ontsnappen op de enige manier die ik kon, dus ik gaf toe en liet me meevoeren door de slaap.

5

"Ze weigert," zei Goran, die zich helemaal groot maakte nadat hij mijn tent was binnengekomen.

Ik draaide me om en mijn ogen verwijdden zich. Had ik hem goed gehoord? "Weigert?"

Hij leek nerveus terwijl hij knikte, want niemand weigerde mij. Tot nu.

"Heeft ze een reden gegeven voor deze ongehoorzaamheid?" Ik kon de woede in mijn stem horen, maar ik bleef kalm. Was dit de aardse manier om te tarten, of alleen die van Evelyn Day? Was dit haar poging om me af te wijzen? Daar is het te laat voor. Ze was van mij. Als ze van gedachten was veranderd sinds haar bevredigende vrijpartij, dan was het aan mij om haar te overtuigen. Misschien was mijn straf te zwaar voor haar menselijke geest? Was het haar kleine formaat? Ik moest ontdekken wat Evelyn Day nodig had om gelukkig te zijn, en of haar vreugde zou komen door straf of plezier.

"Dat deed ze niet."

"Is ze nog steeds bij de harem?"

Hij knikte opnieuw.

Ik stond op en ging de warme lucht in, Goran hield de tentflap voor me open. Ik knikte ter begroeting naar degenen die ik passeerde, maar misschien was het de vastberaden blik op mijn gezicht die hen ervan weerhield tegen mij te spreken.

De wachters bij de ingang van de harem stonden in de houding bij mijn aankomst. Ik dook de vrouwentent binnen. Verschillende vrouwen stonden op en begroetten mij.

"Waar is mijn partner?" vroeg ik. Hoewel twee van de vrouwen schrokken van de scherpe toon in mijn stem, schonk ik hun niet veel aandacht. Ik richtte me niet op de partners van anderen. Nu had ik alleen belangstelling voor mijn eigen.

Een vrouw wees naar de tweede kamer.

Daar trof ik Evelyn Day aan, zittend op een bed, haar haren borstelend. Ze zag er kalm en vredig uit, totaal niet verrast door mijn verschijning.

"Je zult komen als ik je roep,' zei ik.

Ze keek naar me op en ik zag vuur in haar ogen. Ze haalde haar schouders op, legde de borstel neer en begon de lange lengte in een enkele vlecht te vlechten. Ze wachtte met spreken tot ze haar vlecht had afgebonden. "Het verbaast me dat het je zoveel uitmaakt, want ieder van ons is even goed als een ander, nietwaar?"

Ze stond op en ze was mooier dan ik me herinnerde. Ze droeg een jurk zoals de anderen, maar het dunne materiaal zat strak om haar lichaam en verborg geen van haar rondingen. Haar harde tepels en de ringen die ze versierden waren duidelijk te zien, de ketting een zachte welving onder de stof. Het materiaal was strak over haar brede heupen en viel slechts tot halverwege haar dij. En daar, bengelend tussen haar dijen was het bewijs van mijn wil. Ik had de stimulatiebollen uren geleden gedeactiveerd. Misschien had ze nog een herinnering nodig aan wie de baas was, of misschien waren het die bollen die haar te ver dreven om zich te verzetten. Hoe dan ook, ze was nu aantrekkelijker dan toen ze naakt was.

Haar lichaam leidde me af en ik moest aan haar vraag denken. Ik fronste mijn wenkbrauwen. "Iemand van ons?"

"De vrouwen in de harem."

"Ik weet niet waar je het over hebt. Delen mannen op aarde hun partners met anderen?"

"Dit is een harem, is het niet?"

"Ja."

Haar mond viel een beetje open, toen vernauwde ze haar ogen. "Er zijn geen harems op aarde, niet meer. Ze bestaan al eeuwen niet meer. Dit is jouw harem, of niet?"

"Dit is de harem voor iedereen in Buitenpost Negen," antwoordde ik.

We stonden voor elkaar en ik was totaal niet gewend aan dit soort gesprekken. Gewoonlijk luisterde men als ik sprak en antwoordde dan met een zeer oprecht "Ja, meneer."

Ik was niet gewend aan de enorme hoeveelheid van haar vragen. Ik betwijfelde of ik snel een 'meneer' over haar lippen zou krijgen, laat staan een 'meester', althans niet zolang ze kleding had om haar zachte huid te bedekken.

Ze was snel, want ik zag nauwelijks dat ze de borstel oppakte en naar me toe gooide. Ik was bijna niet uit de weg gegaan voor het harde voorwerp. *Verdomme*, ze mikte uitstekend!

"Ben je van plan me te delen met de hele buitenpost?" Ze siste de beschuldiging, haar stem gevuld met venijn en pijn. De blik op haar gezicht was er één van woede, maar achter het vuur in haar ogen zat de pijn van verraad. "Ik heb je gezegd dat ik liever naar de gevangenis ga dan een hoer te zijn."

Toen mijn verbazing voorbij was, rolde ik mijn schouders op en keek op haar trillende lichaam neer. "En ik heb je gezegd dat ik je met niemand deel."

Het volume van mijn eigen stem deed haar een kleine stap terug doen, maar ze hield haar kin omhoog. Ze was zo uitdagend, en dat vuur maakte mijn penis keihard. Ik wilde dat vuur proeven, mijn mond op haar gebruiken tot ze jankte en me smeekte om haar gedachteloos te neuken!

"En toch ben ik gedwongen je met de anderen te delen?" Ze kruiste haar armen over haar borst, waardoor de bovenste bolling van haar borsten boven de slip uitkwam.

Ik knarste mijn tanden bij het zien, want mijn penis was hard en mijn hand trilde om haar op haar kont te slaan voor haar brutaliteit. Ze zorgde ervoor dat mijn borstkas zich spande van frustratie en mijn vuisten balden zich aan mijn zijden. Verdomme! Mijn partner hoorde lief en aardig te zijn, niet een vrouw die naar me siste of alles wat ik deed in twijfel trok. Maar ik zou haar niet in woede nemen of aanraken.

"Ik heb geen anderen," antwoordde ik.

"Ha!" Ze lachte zonder enige humor. Het was duidelijk dat ze me niet geloofde. Waarom? Waarom zou ze mijn woorden als vals beschouwen?

Ze stak een hand op en wuifde door de kamer. "Wat is dit dan?"

Ik keek rond in de ruimte, luxueus zelfs voor een buitenpost. "Het is waar de vrouwen worden gehouden voor hun veiligheid."

Uit mijn ooghoek zag ik de klep tussen de twee kamers verschuiven en ik wist dat we niet alleen waren in ons gesprek. Ik zuchtte. Ongetwijfeld hadden de andere vrouwen ons meningsverschil gehoord, en ik had er geen behoefte aan dat mijn privé-leven het onderwerp zou worden van hun roddels of voer voor hen die mij omver wilden werpen.

Ik boog voorover, plaatste mijn schouder tegen Evelyn Day's middel en gooide haar er overheen, voorzichtig met de ketting die onder haar slip bungelde. Met één hand tegen de achterkant van haar dijen, bukte ik en ging de andere kamer binnen, de vrouwen stapten achteruit om me door te laten.

"Wat doe je? Laat me zakken!" mompelde Evelyn Day, haar kleine handen bonkend op mijn rug.

Terwijl ik haar op haar kont sloeg, besefte ik dat haar hemd omhoog was gekropen en ik trok het naar beneden om haar te bedekken. Als ik haar door de buitenpost zou dragen, wilde ik niet dat iedereen haar poesje en verrukkelijke kont zou zien.

Ze was misleid over iets wat met de harem te maken had en was daar woedend over. Ik moest dit oplossen, want ik wilde weer in haar glijden, met haar vrijen, haar onder me voelen, ervoor zorgen dat ze wist dat ze van mij was. Maar tot deze verwarring was opgelost, zou ik zeker worden geweigerd.

"We gaan naar mijn tent. De harem zal je veilig houden, maar het zal ons geen privacy geven. Voor wat ik met je van plan ben, is privacy zeker op zijn plaats. Ik wil met je praten zonder de aandacht van de hele buitenpost te trekken, dus je moet je mond houden.

―――

Voordat de tentklep van de harem zich achter ons sloot, ving ik een glimp op van Mara's boosaardige glimlach. Ik wist dat haar grijns niet uit vriendschap voortkwam. Waarschijnlijk genoot ze enorm van de wetenschap dat ik gestraft zou worden. Afgaande op de manier waarop de andere vrouwen Tark gehoorzaamden, moest ik aannemen dat de meesten hem niet zo trotseerden als ik.

De manier waarop zijn ogen verwijd waren toen mijn haarborstel tegen de tentmuur weerkaatste, deed vermoeden dat hij ook nog nooit iets naar zijn hoofd geslingerd had gekregen. Ik kon het niet helpen. De man maakte me zo kwaad! Hoe durfde hij over me heen te leunen, met zijn penis helemaal vol, en in mijn oor te fluisteren dat ik van hem was, om even later Mara te vragen bij hem te komen?

Als hij die verachtelijke vrouw aantrekkelijk vond - hoewel ik moest toegeven dat haar lichaam was wat de meeste mannen begeerden, zelfs als haar persoonlijkheid duidelijk ontbrak - dan wilde ik niets met hem te maken hebben. Het programma van het verwerkingscentrum had zeker een grote fout gemaakt.

De machine van het verwerkingscentrum had zich in mijn geest verdiept, op zoek naar de beste match, gebaseerd op subliminale, onderbewuste wensen en verlangens. In de stoel droomde ik ervan genomen te worden door een man terwijl een ander toekeek. Hun woorden waren ongepast maar sexy - hel, zelfs ronduit pervers - maar ik moest me nog steeds afvragen of dat was wat ik echt wilde. Ik was er stellig op tegen geweest dat Goran me aanraakte, en gelukkig was Tark dat tot nu toe ook geweest.

Zelfs mijn onderbewustzijn wilde toch zeker geen man die het genot bij anderen zocht.

Ik voelde de warme lucht op mijn huid toen Tark me door de buitenpost droeg. De laatste keer dat ik buiten was, was het donker geweest. Een hele dag was voorbij gegaan, en opnieuw was het daglicht vervaagd. Een inktzwarte duisternis omringde ons, en bovendien lag ik ondersteboven. Mijn partner gaf me niet veel kans om een glimp op te vangen van mijn nieuwe wereld.

Snel genoeg waren we weer binnen en liet ik me van Tark zijn schouder zakken. Hij deed het langzaam en toen hij me op mijn voeten op de vloerbedekking zette, keek hij me met een beoordelende blik aan, alsof hij zich van mijn welzijn wilde verzekeren.

We waren in Tark zijn tent.

"Waar is die verdomde tafel?" vroeg ik. "Verwacht je dat ik er weer overheen buig? Is dat hoe Mara het graag heeft? Of is een vrouw vastbinden de enige manier waarop jullie mannen op Trion een vrouw kunnen neuken?"

Tark bleef rustig staan en liet mij die scherpe woorden eruit gooien. Hij droeg dezelfde kleding als de vorige dag. Zwarte broek, grijs overhemd, hoewel deze korte mouwen had en een trui was, met knopen aan de voorkant. Zijn brede schouders en borstkas waren goed te zien onder de afgeknipte stof. Hij was zo groot en toch was hij het meest perfecte exemplaar van een man die ik ooit had gezien. Zulke mannen maakten ze niet op aarde, ik had er tenminste nog nooit één gezien. Zijn donkere haar was een beetje warrig, misschien van het dragen van mijn zware gewicht.

Het waren echter zijn ogen, die zo sprekend waren.

Ik zag daar een glinstering van woede, maar hij was opmerkelijk kalm. Rustiger dan ik was. Zijn blik hield ook verbazing in en zeker warmte.

"Zijn alle vrouwen op aarde zo moeilijk?"

"Neuken alle mannen op Trion alles met een vagina?" antwoordde ik, mijn stem schel.

In plaats van te schreeuwen, knielde hij voor me neer. Voordat ik zijn bedoeling kon doorgronden, had hij onder mijn dunne gewaad gereikt en met een zachte ruk aan de bungelende ketting de stimbollen uit mijn lichaam verwijderd.

Ik hijgde toen ze eruit gleden en mijn vagina leeg aanvoelde. Ik klemde me vast en het voelde vreemd aan dat ze weg waren, ook al waren ze gestopt met trillen toen ik sliep. Hij legde ze opzij, op het tapijt.

"Het lijkt erop dat ik andere straffen zal moeten verzinnen, want mijn apparaat lijkt zowel je mond als je humeur erger te hebben gemaakt, niet beter. Ik opende mijn mond om te spreken, maar de blik die hij me gaf deed me zwijgen. "We kennen elkaar nauwelijks, en vandaag zal ik daar iets aan doen." Tark kwam overeind, zo dichtbij dat de warmte van zijn borst mij door de nauwe ruimte bereikte. "Je trekt mijn eer in twijfel, maar ik merk dat je woede me bevalt."

Dat was niet wat ik verwachtte dat hij zou zeggen. Ik verwachtte dat hij zou schreeuwen en met zijn armen zou zwaaien en me misschien zelfs over een standaard zou gooien en me nog een pak slaag zou geven. Maar hem plezieren? Hij had me verdoofd tot ik stil was.

"Het... het bevalt je?" vroeg ik.

"Ja." Hij grijnsde en sloeg zijn sterke handen net strak genoeg om mijn bovenarmen, zodat ik me gekoesterd voelde, maar niet bedreigd. Hij wist hoe hij me moest ontwapenen. Verdorie, hij was nog knapper als hij glimlachte en mijn hartslag ging een versnelling hoger. Alleen al hem zien glimlachen kon slecht voor mijn gezondheid zijn. " Je gelooft dat ik iets oneerbaars heb gedaan en je bent er boos over. Het doet me plezier dat je respect eist van je partner."

Daar had ik geen weerwoord op.

"Ik wil weten welke schande je aan mijn voeten legt."

"Je bent je goed bewust van je daden. Of is er misschien een probleem met het kortetermijngeheugen hier op Trion?"

Tark liet mijn armen los en ik bedekte ze onmiddellijk met mijn eigen handen in een spijtige poging zijn warmte tegen te houden. Hij liep naar een stoel, ging zitten en leunde achterover, zijn lange benen voor zich uit strekkend. Hij legde zijn ellebogen op de armleuningen en sloeg zijn handen over elkaar. "Ik heb een perfect geheugen, partner. Nou, vertel me wat je niet bevalt."

Ik zuchtte. Misschien waren alle mannen, op welke planeet ze ook geboren waren, onnozel.

"Was je vergeten dat je me net geneukt had toen je een ander liet komen?"

Zijn wenkbrauw boog toen. "Ik vroeg om een andere vrouw? Wie?"

Hoewel Mara me niet mocht, wilde ik haar niet bozer maken. Ik had het gevoel dat ik als een kind zat te kletsen, maar Mara was niet op zoek gegaan naar Tark, ze was gevraagd. Ik zei alleen de feiten.

"Mara."

Tark fronste zijn wenkbrauwen. "Je eerdere verklaring over Mara klinkt logisch. Maar Mara hoort bij Davish, en ik verzeker je, zelfs als dat niet zo was, zou ze geen vrouw zijn die ik zou vragen."

Het was mijn beurt om te fronsen. Ik begon me een beetje ongemakkelijk te voelen, want mijn woede was snel aan het wegebben. Mijn onzekerheden begonnen zichtbaar te worden. Ik keek neer op het patroon van het tapijt.

"Oh." Ik herhaalde de scène uit mijn geheugen. De haremwacht had Tark niet genoemd toen hij Mara opdroeg om te gaan. Alleen hij. Dat *hij* duidelijk haar partner was geweest, Davish.

Wat een trut.

Door mijn wimpers heen zag ik hem langzaam zijn hoofd schudden. "Ik heb de vrouw die ik wilde laten komen, en ze heeft me geweigerd."

Mijn hoofd kwam toen omhoog. Hij stak zijn vinger op en wenkte me dichterbij te komen. Ik slikte toen ik naar hem toe stapte, het tapijt zacht onder mijn blote voeten.

"Eisen mannen op aarde elke vrouw op die ze willen?"

Ik schudde mijn hoofd. "Nee."

"Hebben mannen op aarde geen respect?"

Tark legde zijn handen op mijn heupen en trok me tussen zijn knieën. Het hete gevoel van zijn greep deed me hijgen.

Ik haalde mijn schouders op. "Sommigen niet."

"Ik neem aan dat je alleen maar te maken hebt gehad met het respectloze soort?"

Ik keek naar zijn onderarmen, dik en gespierd, bedekt met donker haar.

"Sommige."

"Ben je bekend met wat een harem is?" vroeg hij.

Ik keek naar hem op, zijn donkere ogen helder en op mij gericht. De woede was weg, van ons allebei.

"Lang geleden hadden ze die op aarde. Bepaalde culturen stonden een man toe meerdere-vrouwen alleen voor zichzelf te hebben. Een harem was de naam die gebruikt werd om al zijn vrouwen te omvatten, maar het kon ook de plaats zijn waar ze verbleven tot ze werden opgeroepen om zijn behoeften te dienen."

"Ik zie nu het probleem dat we hebben." Zijn duimen streelden op en neer langs de bovenkant van mijn dijen, waarbij hij het dunne materiaal van mijn slipje hoger en hoger liet glijden tot hij over de blote huid streek.

"Een harem op Trion is een goed bewaakte en versterkte plaats, waar een vrouw verblijft als een man geen bescherming kan bieden. Elk van de vrouwen die je hebt ontmoet hoort bij iemand, net zoals Mara bij Davish hoort en jij -" hij leunde naar voren en plaatste een kus op mijn buik, "-bij mij hoort."

De manier waarop hij zei dat *jij bij mij hoort*, deed een sprankje hoop opflakkeren. "Ik dacht..."

"Ik weet wat je dacht. Ik heb je mijn naam verteld, maar ik heb je niet verteld dat ik Hoge Raadslid ben. Ik ben er zeker van dat er een gelijkaardige rol is op aarde, misschien met een andere titel. Ik ben de leider van het noordelijke continent en de zeven legers. We zijn hier in Buitenpost Negen voor de jaarlijkse algemene vergadering van de andere raadsleden van de planeet. Ieder van ons vertegenwoordigt een andere regio of gebied van de planeet."

"Op aarde hebben we iets soortgelijks, maar elk land heeft een leider. Er is niet één leider voor de hele aarde."

"En zijn alle landen gelijk op jouw wereld? Of hebben sommige meer macht dan andere?"

"Er zijn een paar grote landen die bijna alles controleren."

"Zo is het hier ook. Mijn streek is de machtigste en de grootste. Begrijp je nu het belang van mijn rol en het gevaar dat zowel mij als mijn partner volgt? Gisteren wilde ik je afschermen van alle nieuwsgierigheid."

Ik beet op mijn lip. "Nieuwsgierigheid?"

"De politiek zou eisen dat ik een vrouw uit Trion als mijn partner zou kiezen, maar ik heb vele aanbiedingen afgewezen. Ik wachtte op een interstellaire bruid omdat ik geen politieke partij wilde. Ik wilde iemand die van mij zou zijn, en van mij alleen, zonder politieke agenda of bijbedoelingen. Ik wilde een vrouw die perfect bij mij, de man, zou passen. Zoals jij bent."

Ik hield mijn hoofd schuin, maar alle angst, alle zorgen waren weg. "Hoe kun je daar zo zeker van zijn?"

"Ik wist het op het moment dat de overdracht voltooid was."

Hij leek zo zeker van zichzelf, dat we aan elkaar gekoppeld waren door alle mogelijkheden in het heelal. Ik was niet eens van plan gematcht te worden. Ik *zou* op aarde moeten zijn, in het ziekenhuis om patiënten te behandelen. Hij geloofde dat ik voor altijd hier op Trion zou blijven, maar onze match was van korte duur, tot ik teruggeroepen werd om te getuigen. Plotseling leek het idee om weg te gaan niet meer zo veelbelovend als het had moeten zijn.

Zijn handen verschoven en omklemden mijn billen, en trokken me dichter naar zich toe.

" Dus... dan beloof je me dat je Mara niet hebt laten halen?"

Ik hoorde hem diep in zijn borst grommen. "Vrouw, ik zou geen interstellaire bruid hebben gevraagd als ik Mara had willen neuken."

Hij moet iets op mijn gezicht gezien hebben, want hij voegde eraan toe: "Heb ik je gerustgesteld? Zijn we het nu eens?"

Ik beet op mijn lip en liet de spanning en bezorgdheid die ik had gevoeld wegsijpelen. "Heb je me naar de harem gestuurd om me veilig te houden?"

"Ik had een vergadering met de raadsheren en ik

kon niet over je waken. Ik heb je beschermd door de haremwachters toen ik niet bij je kon zijn."

Ik glimlachte toen. Het was een beetje beverig, maar het was er. "Het spijt me. Ik ben niet gewend dat een man mij verkiest boven een vrouw als... als Mara."

"Nu ben ik degene die in de war is. Waarom zou een man Mara boven jou verkiezen?"

Ik schoot in de lach. "Parmantige borsten. Een platte buik. Smalle heupen. Dijen zonder cellulitis. Haar dat glad en netjes is."

Tark zijn ogen vernauwden zich en hij trok stilletjes de slip omhoog en gooide het kledingstuk over mijn hoofd op het tapijt. De ketting streek langs mijn buik terwijl hij slingerde.

"Je straf wordt steeds langer en langer."

"Wat?" Ik probeerde een stap achteruit te doen, maar zijn ijzeren greep voorkwam dat.

"Het gooien van een haarborstel naar je meester is zeer zeker een strafbaar feit. Je gedragen als een feeks in het bijzijn van anderen vraagt om strenge vergelding. Negatief over jezelf spreken is nog erger. Ik wil niet dat je weer op zo'n manier over jezelf praat."

"Maar..."

Hij draaide me snel om en duwde me toen omlaag over zijn schoot, zodat ik weer in de positie was voor een pak slaag. Zijn handen vonden mijn blote billen.

Ik wilde me bedekken, maar hij greep die pols en hield hem stevig vast. God, hij had dat de dag ervoor gedaan en ik had het moeten leren. Ik had veel dingen moeten leren, maar ik zat weer eens met mijn billen in de lucht.

Hij sprak terwijl zijn handpalm naar beneden viel. In tegenstelling tot gisteren was dit pak slaag veel harder, de slagen sloegen overal binnen met een intensiteit waardoor ik op mijn tenen stond en worstelde in zijn strakke greep. "Ik hou ervan als mijn vrouw rondingen heeft. Ik wil dat mijn vrouw heupen heeft die ik kan vastpakken als ik haar neuk."

Ik kon de kreten niet helpen die mijn lippen ontsnapten. Het deed pijn. Dit was geen eenvoudige les over mijn gedrag; dit was een regelrechte afstraffing. "Ik hou ervan dat mijn vrouw borsten heeft die een handvol zijn." Zijn hand streelde over de verhitte huid. "Hoe kun je dat in twijfel trekken?"

Ik probeerde op adem te komen toen hij pauzeerde. "Omdat ik klein en dik ben."

Zijn spanking begon opnieuw en ik trok mijn gezicht samen bij de brandende pijn en vocht tegen zijn greep op mijn pols. "*J*, hoe ben je beoordeeld voor onze match?"

Zijn hand strekte zich uit en een duim streek over een gouden ring. Ik hapte naar adem bij het genot dat dat teweegbracht. Gecombineerd met de scherpe pijn in mijn billen, klemde mijn poesje zich samen. Mijn clitoris hunkerde om aangeraakt te worden en ik voelde mijn dijen vochtig worden.

"Ze hebben sensoren bevestigd en me iets gegeven om mijn geest te misleiden met visioenen. Ze lieten me naar honderden beelden kijken. Toen gleed ik weg in een droom. Toen ik wakker werd, was de overeenkomst al gesloten."

Een nieuwe ronde van billenkoek begon, deze keer verplaatste hij de klappen om de toppen van mijn dijen te raken. Terwijl hij ze uit elkaar duwde, landden de klappen op mijn tere huid en ik kon mijn tranen niet langer bedwingen.

"Ik heb me aan iets dergelijks onderworpen. Jij bent precies wat ik wil omdat mijn onderbewustzijn dat zegt. Net zoals ik precies ben wat jij wilt."

Terwijl ik snikte, dacht ik na over zijn woorden. Mijn onderbewustzijn koos hem. Ik had er niet bij stilgestaan, tot op dit moment, dat zijn onderbewustzijn mij had gekozen. Een perfecte match. Alles wat hij wilde en verlangde in een minnaar en een partner. Het idee dat ik in zijn ogen net zo perfect was als hij in de mijne? Ik kon mijn hoofd er niet bijhouden. Hoe kon ik perfect zijn als hij me moest blijven slaan?

Langzaam en zachtjes tilde hij me op en plaatste me voor hem. Met zijn duimen veegde hij de tranen van mijn wangen. Toen mijn ogen helder werden, zag ik dat zijn donkere ogen tederheid bevatten "Genoeg gepraat. Je was een braaf meisje en hebt je straf goed ondergaan. Het is tijd om mijn partner te neuken."

6

Hij trok me naar voren en trok me op zijn schoot, zodat ik boven op hem kwam te zitten, met mijn knieën aan weerszijden van zijn dijen, ervoor zorgend dat mijn zere billen niet werden gestoten.

Zelfs door zijn kleding heen, straalde zijn lichaam warmte uit. Dit was het dichtste dat ik bij hem was geweest. Oké, hij had diep in me gezeten, maar ik had hem niet kunnen zien, niet in zijn donkere ogen kunnen kijken, niet zijn verlangen kunnen zien. Hij gaf me de kans om hem te bestuderen. Van dichtbij zag ik dat zijn neus een lichte kromming had, alsof hij ooit gebroken was. Met het vreemde medische apparaat dat was gebruikt op de hand van de gewonde vrouw, zou het gemakkelijk tot in de perfectie hersteld moeten zijn. In plaats daarvan zag hij er *onvolmaakt* uit. Hij had volle lippen en ik vroeg me af hoe ze tegen de mijne zouden aanvoelen.

Ik betwijfelde of hij een zachtaardige zoener zou zijn, en of hij even dominant zou zijn met zijn mond als met al het andere. Terwijl ik bleef denken aan hoe hij me zou zoenen, kreunde hij, diep in zijn keel.

"Die blik, *gara*. Het is mijn ondergang."

Mijn blik ging naar de zijne. Tussen mijn gespreide benen voelde ik zijn penis, een stijve lengte die tegen mijn poesje drukte. Als zijn broek niet in de weg zat, hoefde hij zijn heupen maar te verschuiven en hij zou diep in me zitten.

" Zoen je...?" Hij had me niet gezoend, niet één keer. Hij neukte me, liet me schreeuwen, sloeg me en verkende mijn lichaam met zijn handen. Maar een zoen? Ik wilde weten hoe hij smaakte.

Zijn donkere wenkbrauwen fronsten en zijn mondhoek ging omhoog. Er vormde zich een kuiltje in zijn wang, bijna verborgen in zijn donkere stoppelbaard. God, hij was zo knap en hij was van mij. Ik kon me niet meer opgewonden voelen, al probeerde ik het. Zijn broek was zeker doorweekt, want mijn poesje droop er op. Kon hij de warmte van mijn billen op zijn dijen voelen?

Ik wist nauwelijks iets van Tark en hij wist niets van mij, en wat hij wist was een leugen. Maar in wezen hoefden we niet eens meer dan vreemden te zijn, want ik begeerde hem met een intensiteit die ik nooit eerder had gekend, nooit eerder had gevoeld. Ik was als de drugsverslaafden die het ziekenhuis binnenkwamen, uitgeput en wanhopig op zoek naar een nieuwe shot. Mijn lichaam hunkerde naar het zijne. Ik wilde nog een shot van het genot dat alleen hij me kon geven. Zijn geur was bijna verleidelijk, het gevoel van zijn gespannen spieren, de manier waarop hij naar me keek. Ik kon niet twijfelen aan de geldigheid van de match. De overeenkomst was echt. Deze aantrekkingskracht was echt.

Maar ik zou hier niet blijven. Als het tijd was om te getuigen, zou ik terugkeren naar de aarde en hij zou ontelbare lichtjaren weg zijn. Ik zou terugkeren naar een wereld waar er niemand voor mij was. Niemand zo *goed* als Tark.

Ik had ongeveer drie maanden. Hoewel ik zou vertrekken, betekende dat niet dat ik niet kon profiteren van alles wat Tark te bieden had - zelfs als dat straf betekende.

" Zoenen?" Vroeg Tark. Hij fronste even. "Natuurlijk. Jij niet dan?"

Ik wierp een blik opzij en toen weer naar hem. "Jawel, maar je hebt me nog nooit gezoend, dus ik wist het niet zeker."

Hij zuchtte. "Zoals ik al zei, zijn we in Buitenpost Negen voor de vergaderingen van de raadgevers, en dat botst enorm met mijn verlangen om bij jou te zijn. Ik ben niet vrij om me aan jouw plezier te wijden, om je lichaam te leren kennen, zoals ik dat zal doen als we terug zijn in het paleis. Denk je dat ik bij een stel chagrijnige en zeer eigenzinnige mannen wil zijn als ik bij jou kan zijn?"

Zijn handen bewogen zich naar mijn heupen en streelden er overheen. De beweging duwde mijn clitoris tegen zijn penis en ik kreunde. De warmte van de actie was intens.

"Ik begin dat geluid dat je maakt leuk te vinden," mompelde hij.

Zijn ogen waren op mijn mond gericht en ik likte mijn lippen.

Zijn greep verstrakte terwijl hij naar de onschuldige actie keek. Hij vond het lekker. Ik deed het nog eens en hij kreunde.

"Je bent een stoute meid."

Voordat ik kon antwoorden, leunde hij voorover en eiste mijn mond op. Voor een man zo groot, zo krachtig en dominant van aard, was de kus zacht, teder. Voor een paar seconden, toen veranderde het. Zijn lippen omarmden de mijne en zijn tong drong diep door terwijl ik verrast naar adem hapte. Hij smaakte naar wijn en een heerlijke, donkere man.

Hij kon zoenen. Man, wat kon hij dat goed. Het was als vuur aansteken met benzine, een onmiddellijke explosie. Helder en heet en verschroeiend in intensiteit. Ik was al eerder gezoend, maar niet op deze manier. Ik ben wel eens aangeraakt, maar Tarks handen waren zo groot dat ik me bezeten voelde, opgeëist. En hij raakte me alleen aan met zijn handen en mond. Hoe zou het zijn als zijn penis niet in zijn broek vastzat, maar me open zou trekken, me zou vullen?

Ik reikte omhoog en pakte zijn hoofd, bang dat als ik hem niet op een of andere manier vasthield, hij zou kunnen verdwijnen. Het was net als in de droom, het gevoel van hem. Deze keer was ik wakker.

"Ik ben geen... Ik ben geen slecht meisje," hijgde ik, en liet hem mijn lippen weer opeisen.

Na een eindeloze tijd trok hij zijn hoofd terug en keek me aan, zijn ogen half dichtgeknepen en donker als middernacht. Zijn lippen glommen van mijn zoenen en zijn ademhaling was even razend als de mijne. De kracht schoot door me heen dat ik hem dit kon aandoen, hem zo... gevoelloos kon maken.

"Moord." Hij zei alleen dat ene woord, maar het was genoeg om me eraan te herinneren dat ik, voor hem, een heel slecht meisje was.

"Maar..." Ik wilde hem de waarheid vertellen, dat dat een leugen was, maar hij bedekte mijn lippen met zijn vingers.

"Schoonheid. Vurige geest. Het meest perfecte poesje. Gekreun van genot. Je hanteert je krachten goed."

Ik kon niet anders dan glimlachen bij zijn woorden.

"Mijn macht, *qara*, is over jouw plezier. Je mag niet klaarkomen tot ik het beveel."

Dat zou niet zo'n probleem moeten zijn, want ik kon niet klaarkomen bij een man. Nou, ik kon niet klaarkomen bij een man voordat ik bij hem was.

"Tark-"

"Meester." Zijn handen hieven de ketting die tussen ons in bengelde, draaiden hem om zijn vinger om hem in te korten en me dichter bij hem te brengen tot onze lippen elkaar raakten. "Je zult me meester noemen, want jouw macht heeft mijn penis zo groot en hard gemaakt als de hoorn van een *trommelaar*, maar je zult doen wat ik zeg als het op neuken aankomt."

Zijn woorden, hoewel vol lust, hielden ook een beetje een bevel in.

"Ik ben de enige die jou je plezier kan geven, is het niet?" vroeg hij.

Hij rukte zachtjes aan de ketting en ik slaakte een zucht toen het pijnlijke genot rechtstreeks naar mijn clitoris schoot. Hoe wist hij dat ik dat lekker vond?

"Ja... meester."

Zijn ogen verwijdden zich bij het woord dat van mijn lippen kwam. Hem meester noemen was niet zo erg geweest als ik had verwacht. Ik was een dokter. Ik was een onafhankelijke vrouw die geen man als haar meester beschouwde.

Maar toen ik het tegen Tark zei, was het anders. Hij was zeer zeker de meester van mijn lichaam, en daar was ik voorlopig tevreden mee.

"Ah, misschien ben je toch een braaf meisje. Laten we dat eens zien. Niet komen, *gara*. Niet tot ik het beveel."

Met een laatste ruk liet hij de ketting los en reikte tussen ons in om over mijn poesje te strelen.

"Zo heet, zo nat. Leg je handen achter je hoofd. Ja, zo. Hou ze daar."

Ik verstrengelde mijn vingers achter mijn nek, mijn ellebogen staken uit. In deze positie staken ook mijn borsten naar buiten. Hij leek ervan te genieten me vast te binden, maar op zijn schoot, zoals ik nu was, was er niets om me mee vast te binden. Het was alsof ik onzichtbare boeien had en ik klemde mijn binnenste vast bij de gedachte. Ik kon niets anders doen dan wat Tark zei.

Hij speelde een beetje met me, zijn vingers gleden over mijn schaamlippen, doken naar binnen en streelden - oh, God! - mijn G spot. Hij bleef niet hangen, maar draaide rondjes om mijn clitoris, me kwellend door het niet echt aan te raken, me alleen maar op te bouwen tot ik op het punt stond klaar te komen, voordat hij zijn hand wegtrok. Keer op keer deed hij dat. Ik bewoog mijn heupen in zijn hand, maar elke keer als ik dat deed, stopte hij. En begon dan weer opnieuw. Kreunend bleef ik even stil liggen, tot ik me niet langer kon inhouden. Mijn vingers begonnen te glijden, maar met een boog van zijn donkere wenkbrauw, verstevigde ik ze tegen mijn nek. Het was een cyclus van complete marteling en de blik op Tark zijn gezicht - zelfvoldaan - liet me weten dat zijn dominantie compleet was.

Elke cel in mijn lichaam schreeuwde om bevrijding, en dat was alleen nog maar door zijn vaardige handen. Ik zou zeker sterven als hij me echt zou neuken.

"Meester, alstublieft," smeekte ik. Mijn huid was klam van het zweet, mijn keel droog, mijn tepels strakke kleine steentjes, en mijn clitoris klopte. Elk deel van mijn poesje verlangde naar Tark zijn penis.

Hij legde zijn handen weer op mijn heupen en mompelde: "Haal mijn penis tevoorschijn."

Ik liet mijn handen zakken en deed gretig wat hij

me opdroeg. Ik schoof naar achteren op zijn dijen zodat ik tussen ons in kon reiken en zijn broek kon openen. Droegen alle mannen van Trion geen ondergoed of was het alleen hij? Zijn penis kwam vrij, lang en stijf en voorvocht drupte uit het topje. Mijn ogen verwijden bij het aanzicht ervan.

Ik had zijn penis gevoeld toen hij me de vorige dag had geneukt, maar ik had hem niet gezien. Ik had nog nooit zo'n grote gezien. Hij was dik en donker, roestbruin en rood door een bos donker haar. Uitpuilende aderen pulseerden op de lange lengte. Een brede, uitlopende kroon bekroonde het. Had *dat* in mij gepast?

Ik greep de onderkant stevig vast - mijn hand sloot zich er niet eens omheen - en gleed omhoog, met mijn duim zijn zichtbare teken van gretigheid wegvegend. Ik likte mijn lippen en vroeg me af hoe hij smaakte. Ziltig? Muskusachtig? Zeker puur, onvervalst mannelijk.

"Blijf zo naar me kijken en ik kom klaar in je mond, niet in je poesje." Zijn stem was diep en ruw, alsof hij zich nauwelijks kon beheersen. "Stop me in je."

Zijn handen tilden me op zodat ik boven hem zweefde, en plaatsten me precies waar hij me wilde hebben. Nog steeds zijn penis vasthoudend, liet ik me zakken zodat de kop tegen mijn ingang duwde. Terwijl ik me verder liet zakken, begon hij me open te rekken, me meer en meer te vullen.

Ik legde mijn handen op zijn schouders voor evenwicht en greep hem stevig vast toen ik eenmaal helemaal op zijn schoot zat. Hij zat volledig in mij, het uitlopende hoofd duwde tegen de ingang van mijn baarmoeder. Ik voelde me gevuld, uitgerekt en volledig opgeëist. De warmte en de steek in mijn lichaam accentueerden dat alleen maar.

Ik zuchtte, genietend van het gevoel, want ik voelde me... compleet. Mijn poesje klemde zich om hem heen, kleine schokgolfjes van genot rolden door me heen. De stimulerende bolletjes die hij had ingebracht maakten me alleen maar gevoeliger, me meer bewust van elke plek die hij streelde.

Tark zijn ogen vielen dicht en zijn tanden knarsten op elkaar. " *Verdomme*," siste hij, net voor hij mijn heupen vastgreep en me begon op te tillen en neer te laten.

Ik probeerde te verschuiven, mijn clitoris tegen hem aan te wrijven telkens als hij me liet zakken, maar zijn greep was te stevig. Het enige wat ik kon doen was voelen hoe hij zijn heupen omhoog bewoog als tegenwicht voor het omlaag brengen van mij.

Mijn borsten stuiterden en deden de ketting verschuiven, mijn tepels tintelden en stonden strak, het gewicht droeg bij aan de sensaties die door mijn aderen gierden, maar het was niet genoeg om me te laten klaarkomen. Hoe wist deze man me zo dicht bij het randje te brengen en me er niet overheen te duwen? Het was nog nooit zo intens geweest. Onze huid was klam van het zweet, onze ademhaling zwaar en rauw. Natte geluiden van neuken vulden de ruimte en ik hoorde mezelf schreeuwen van genot, alleen maar versterkt door het pijnlijke tegenwicht van mijn pijnlijke billen die tegen zijn dijen wreven. De rest van de buitenpost bevond zich net buiten de dunne muren en kon zonder twijfel horen - en weten - wat we aan het doen waren. Het kon me niet schelen. Ik wilde alleen maar bij Tark zijn en hem over mijn lichaam laten heersen. Geen wonder dat ik nooit voor een andere man was gekomen.

"We zullen samen klaarkomen, *gara*," gromde hij en ik zweer dat ik hem nog groter in me voelde worden.

Hij reikte tussen ons in en streek over mijn clit, terwijl zijn donkere ogen de mijne vasthielden.

Ik kon ze niet open houden, maar zijn stem beroerde me. "Nee, kijk me aan. Ik wil je gezicht zien als je klaarkomt, als je mijn zaad in je opneemt."

Mijn binnenste klemde zich vast bij zijn woorden, en ik kwam klaar. Mijn ogen verwijdden zich, bijna van verbazing dat ik me zo kon voelen, dat deze man het me kon geven. Ik schreeuwde het uit, het geluid ontsnapte uit mijn mond. Ik kon me niet meer inhouden. Ik kon niets meer tegenhouden. Terwijl ik mijn rug kromde en me op zijn dijen drukte, het genot tegemoet rijdend, keek ik naar Tark terwijl hij zijn kaken op elkaar klemde. Zijn wangen bloosden en hij gromde. De pezen in zijn nek spanden zich aan en ik voelde zijn penis stoten, zijn zaad vulde me. Ik wist dat mijn poesje hem als een vuist vastgreep en bijna het sperma uit zijn lichaam trok, alsof het het nodig had, er naar hunkerde.

Uitgeput zakte ik voorover, mijn hoofd rustend

tegen Tark's schouder, onze borstkassen tegen elkaar gedrukt. Mijn poesje bleef zich samenklemmen en samenknijpen in kleine naschokken en ik had geen zin om te bewegen. Zoals Tark met zijn grote hand over mijn gladde rug streek, had hij ook geen zin.

Ik wist niet hoe lang we zo bleven staan, maar Tark stond op en hield zich diep ingegraven terwijl hij door de tent liep en me op mijn rug legde terwijl hij boven me uittorende. Hij hield zijn gewicht van me af met zijn onderarm. Een dikke lok haar viel over zijn voorhoofd en ik veegde het terug, hoewel het gewoon weer op zijn plaats viel.

"Evelyn Day, je bevalt me."

"Eva," antwoordde ik.

Hij fronste zijn wenkbrauwen.

"Ik heet Eva." Het was belangrijk voor me dat hij me bij mijn echte naam noemde, niet de valse die de aanklagers voor mijn geheime identiteit hadden gegeven. Dat was ik niet. Niets aan Evelyn Day, de moordenaar, was ik.

"Eva," herhaalde hij, alsof hij de naam uitprobeerde. "Wat doe je op aarde?"

Hij fronste nog meer, de groef in zijn voorhoofd werd dieper. "Waarom rol je met je ogen naar me?"

"Wil je zo'n gesprek voeren?" Tark lag boven op me, tot het uiterste ingegraven, me bedekkend als een verwarmde deken. Zijn gezicht was centimeters van het mijne, zweefde en concentreerde zich op mij met zo'n intensiteit dat ik moeite had me te concentreren.

Ik had me nog nooit zo voldaan gevoeld. Zo gekoesterd. Zo intiem verbonden met een ander persoon.

Hij streek met zijn hand door mijn haar en ik weerstond de neiging om in de sterke warmte van zijn handen te kruipen. "Wat, met mijn penis nog in je?"

Ik knikte tegen het zachte matras.

Hij grijnsde en mijn hart smolt een beetje. "Er zal niets tussen ons komen, gara. Trouwens, ik wil er zeker van zijn dat mijn zaad binnen blijft en zich kan nestelen."

"Jij... jij wilt een baby?" De mannen die ik kende waren helemaal niet geïnteresseerd in baby's. "Ik heb een implantaat tegen zwanger worden."

Hij schudde zijn hoofd. "Als onderdeel van de verwerking, is dat verwijderd. Herinner je je de sonde?" Hoe kon ik dat vergeten? "Het bevestigde dat je vruchtbaar bent en in staat om kinderen te krijgen. Wil je geen kind?"

Ik haalde mijn schouders op en keek naar de knapperige haartjes op zijn borst, ik ging er met mijn vingers overheen. Ze waren zijdezacht en ik kon het kloppen van zijn hart onder mijn vingertoppen voelen.

"Ik wel, maar op aarde had ik geen man. Ik nam aan dat ik op een dag kinderen zou krijgen. Jij hebt langer de tijd gehad om na te denken," voegde ik eraan toe.

"Dat heb ik. Het is een vereiste dat ik een erfgenaam voortbreng."

Ik verstijfde onder hem, niet blij slechts beschouwd te worden als een vat voor zijn nageslacht.

"Niet boos worden, Eva. Ik wil ook een kind, een klein meisje dat op jou lijkt, rood haar en zo. Misschien een beetje minder pit, want als ze op haar moeder lijkt, zal ze mijn dood worden."

Ik grijnsde naar hem om zijn speelse sneer. Ik kon niet anders dan blij zijn met zijn woorden.

"Heb je geen jongen nodig om de lijn voort te zetten of zo?"

Hij schudde zijn hoofd terwijl hij met een vinger over mijn schouder streek en toekeek hoe hij kippenvel opwekte. Ik voelde ze over mijn huid uitbreken.

"Nee. Het doet er niet toe."

Zijn tepel was een platte schijf, een tint donkerder dan de rest van zijn huid en ik gleed er met mijn handpalm overheen. Hij legde zijn hand op de mijne en mijn ogen gingen naar de zijne.

"Wat... wat was de vraag?" Ik was afgeleid.

"Wat deed je op aarde? Moordenaar was toch zeker niet je beroep?"

Ik verstijfde onder hem, mijn knieën drukten tegen zijn heupen.

"Ik was... Ik ben dokter."

Een donkere wenkbrauw ging omhoog. "Zoals Bron?"

"Ik ken zijn specialiteit niet, maar ik geloof het wel. Ik was arts op de eerste hulp."

"Indrukwekkend," zei hij.

"Van wat ik gezien heb, is Trion misschien meer

ontwikkeld dan de aarde. Jullie lijken een heel arsenaal aan nuttige gereedschappen te hebben.

"Ah, je bedoelt de sonde?"

Ik slikte, herinnerde me hoe dat dildo apparaat me had laten voelen. "Ik verzeker je, we hebben niets zoals dat op aarde. Als we dat hadden, zou de eerste hulp overspoeld worden."

Tark grijnsde.

Het leek erop dat hij een gesprek wilde voeren en niet van plan was zijn penis van me af te trekken. " Ben jij als Hoge Raadslid geboren of gekozen?"

"De positie werd de mijne bij de dood van mijn vader. Ik zal de rol doorgeven aan mijn eerste kind."

"Een monarchie dan."

"Ja. Monarchie." Hij probeerde het woord uit. "Zoals ik je al zei, zijn er anderen die me willen afzetten, om op een andere manier te heersen. Velen zijn gewend aan hardere gebruiken en willen die in alle streken ingevoerd zien. Ik heb een meer... flexibele aanpak die, naar ik hoop, diversiteit in gewoonten over de planeet mogelijk maakt."

Naast een geweldige minnaar, was hij een leider en een diplomaat.

" Door een moordenaar als partner te hebben, helpt je waarschijnlijk niet." Hij zou toch zeker mensen tegenkomen die me niet mochten vanwege mijn valse verleden.

Hij maakte een vrijblijvend geluid terwijl hij naar beneden reikte en zijn hand langs de ketting tussen mijn borsten liet glijden.

"Ben je van plan me te vermoorden?" Zijn ogen volgden zijn vingers.

"Nee." Ik hapte naar adem toen hij zachtjes aan de ketting begon te rukken zodat die aan de ene tepelring trok, dan aan de andere. "Wil je niet weten wat ik gedaan heb?"

"Je zult het me in je eigen tempo vertellen. Voor nu," hij verschoof zijn heupen een beetje en ik voelde hem in me bewegen. Zijn zaad versoepelde zijn doorgang. " Nog een keer," mompelde hij, terwijl hij zijn heupen bewoog.

Mijn ogen verwijdden zich toen ik voelde hoe hard hij was - was hij überhaupt slap geweest? - en hoe ik net zo gretig was.

Zijn sperma gleed naar buiten bij zijn bewegingen en droop tussen mijn benen door naar beneden, op de dekens onder me.

"Meester," fluisterde ik toen hij zich een beetje verder terugtrok en toen weer naar binnen gleed. Hij was groter dan de sonde die hij bij mij had gebruikt. Heter. Hij was meer bedreven in het hanteren van zijn penis en mijn lichaam reageerde.

Hij grijnsde, duidelijk blij met het simpele woord, en trok ons beiden nog een keer op en neer.

7

Nog twee dagen gingen voorbij; mijn tijd gevuld met vergaderingen dwong mij Eva naar de harem te sturen, zodat ik verzekerd was van haar veiligheid. Behalve dat ze mooi was, was ze een redelijke vrouw en begreep ze waarom ik haar niet bij me kon houden. Een pak slaag had daar zeker bij geholpen. Daardoor kreeg ik niet nog een haarborstel naar mijn hoofd geslingerd.

Het was niet Eva die klaagde, het waren de andere raadsleden. Ik zat op mijn gebruikelijke plaats boven de anderen en luisterde hoe ze mopperden.

"We waren geen getuige van de eerste vrijpartij en we hebben haar niet gezien. Alleen partners in de harem kunnen haar bestaan bevestigen." Raadslid Bertok was een voortdurende lastpost.

"Raadslid Tark is niet thuis. Je kunt toch wel begrijpen dat hij zijn partner wil beschermen," antwoordde Roark.

"Tegen wie?" vroeg de oude man. "Zij is de moordenaar. Wij moeten vrezen, dat zij niet een van de andere vrouwen in de harem kwaad zal doen." Hij hief zijn arm op om de anderen aan te wijzen. "Zijn jullie niet bezorgd om jullie partners? De wachters beschermen de vrouwen tegen gevaren van buitenaf, maar misschien schuilt het echte gevaar *van binnen*."

"Genoeg," zei ik.

Alle hoofden draaiden naar me toe.

"Goran, breng mijn partner bij me."

Mijn tweede-in-bevel knikte een keer voordat hij de tent verliet.

Het gesprek ging weer over het laatste agendapunt tot Goran terugkeerde. Hij hield de tentflap open toen Eva binnenkwam. Ik stond op en de anderen volgden. Ze stak haar hand uit en kwam naar me toe. Ze was beeldschoon en iedere man in de zaal had alleen maar oog voor haar. Gelukkig was ze gekleed in haar gewone onderjurk en droeg ze er een gewaad overheen, lang genoeg om rond haar enkels te dwarrelen. Het had geen knopen of sluitingen, maar Eva hield de twee zijden samen voor haar borst.

Ik gaf haar een kleine glimlach - meer kon ik haar niet geven, want als de raadsheren wisten van mijn diepgewortelde belangstelling voor haar, zou dat gevaarlijk kunnen zijn. We werden allebei in de gaten gehouden.

Ik leunde voorover en mompelde in haar oor: "Sommige mannen zijn formeler en strenger in hun gebruiken dan anderen. Alstublieft, laat mij voorgaan."

Hoewel ik enige verwarring in haar lichte ogen kon zien, knikte ze en zweeg. Ik hoopte, voor haar, dat ze me niet in twijfel zou trekken. Ik wilde haar niet publiekelijk slaan.

"Dit is Evelyn Day, mijn partner."

De mannen staarden allemaal naar de vrouw aan wie ik gekoppeld was.

"Zoals jullie kunnen zien, is ze te klein om een gevaar te vormen."

Ik zag haar vanuit mijn ooghoeken naar mij kijken.

"Ze zou een wapen kunnen verbergen," zei Raadslid Bertok, terwijl hij haar minachtend aankeek.

Ik rolde mijn schouders op. "Je twijfelt aan mijn partner?"

" Heb *jij* je partner ondervraagd? Ze heeft een gruwelijke misdaad begaan op haar wereld. De enige straf die ze kreeg was dat ze hierheen werd gestuurd. Trion is toch zeker een meer geavanceerde en verbeterde wereld dan de aarde. Hoe kan hier aankomen genoeg straf zijn?"

Raadslid Bertok moest met pensioen, want zijn manieren waren te ouderwets. Helaas hoefde hij geen diplomaatje te spelen. Dat deed ik. Wat hij zei was ook waar. Ik moest Eva nog vragen naar de details achter haar acties. Koudbloedige moord was een ernstig misdrijf op Trion. Was dat op aarde ook zo? Wat had ze gedaan? Ik zou het haar vragen, maar ik zou het onder vier ogen doen. Later.

"Evelyn Day haar misdaad en straf waren de verantwoordelijkheden van haar wereld, niet de onze.

Ze is hier als mijn partner, niets meer. Als ze gestraft moet worden, zal dat zijn vanwege een overtreding hier op Trion en ik zal daar voor zorgen als haar partner."

De oude man stond op. "Ik blijf niet zolang ze vrij is."

"Wat verwacht je dat ik doe, Raadslid Bertok, mijn partner opsluiten, de vrouw die naar mij gestuurd is door het Interstellaire Bruidsprogramma? Zou je het verdrag dat Trion en honderden andere werelden veilig houdt de rug toekeren omdat je bang bent voor een vrouw? Jij bent degene die haar wilde zien.

"Ze moet geketend blijven zodat onze vrouwen veilig blijven. Zo niet, dan moeten we allemaal vertrekken."

Twee andere raadsleden stonden ook op en knikten instemmend.

Ik kon de mannen niet laten vertrekken. Ik had hun aanwezigheid nodig om de vergaderingen af te sluiten, want ik wilde niet nog een jaar naar Buitenpost Negen terugkeren. En toch weigerde ik mijn partner geketend te zien alleen voor hun plezier. Discipline was nodig - wanneer nodig - maar ik zou Eva niet straffen alleen vanwege de grillen van één man. Ik zou Eva straffen als het nodig was, haar slaan tot ze zich onderwierp aan mijn hand, maar niet nu, niet nu ze niets had gedaan om het te verdienen.

De man drong zijn macht op aan mij via mijn partner en dat was onaanvaardbaar. Hij wist dat ik moest doen wat hij vroeg. Van binnen wilde ik de man zijn hoofd eraf rukken en het op een spies zetten, maar van buiten riep ik Goran.

"Breng me één van de lantaarns."

Goran twijfelde waarschijnlijk aan mijn verzoek, maar zweeg en deed wat ik vroeg.

Toen ik me tot Eva wendde, zei ik: "Kniel."

Ze vernauwde haar ogen, maar voldeed. Terwijl ze door haar wimpers naar me opkeek, kwam een wellustig beeld in me op van haar in precies zo'n positie terwijl ze me pijpte. Gelukkig kwam Goran terug.

"Verwijder het licht," zei ik hem, en hij verwijderde het gloeiende deel van de top. Ik nam de stok van hem aan. " Bedankt."

Hij knikte en trok zich terug.

"Til de ketting van onder je jurk op," zei ik tegen Eva.

Ze keek eerst naar de mannen, toen naar mij. Ik zag vuur in haar ogen en even dacht ik dat ze ongehoorzaam zou zijn, maar gelukkig zweeg ze en deed wat ik haar opdroeg. Ze tilde de ketting tussen haar borsten vandaan en liet hem aan de buitenkant van haar jurkje hangen. Misschien, en dat zou ik graag hopen, was haar snelle reactie gebaseerd op een groeiend vertrouwen tussen ons. Ik had meer dan eens gezegd dat ik haar nooit pijn zou doen en dat had ik bewezen door haar alleen aan te raken als ze er plezier in had. Haar kont een pak slaag geven, niet één maar twee keer, was pijnlijk geweest om mee te beginnen, maar ik wist aan de manier waarop haar poesje nat was geweest, dat ze het lekker had gevonden. Misschien was het een slechte straf voor iemand die van een vleugje pijn hield. Iets om over na te denken. Later.

Ik knielde neer en voerde voorzichtig de onderkant van de paal door de spleet tussen de ketting en haar lichaam en stak hem in de grond, keek toe hoe hij wegzakte en zich vastzette in het zand. Ik rukte eraan om er zeker van te zijn dat het goed geplaatst was.

De stok werd binnen de cirkel van de ketting en haar lichaam geplaatst. Eva ging nergens heen, tenzij ze besloot om langs de lange stok omhoog te glijden om haar ketting los te maken. Ik betwijfelde of ze haar tepelringen van haar lichaam wilde rukken. Door deze opstelling was ze opgesloten, maar toch volledig ongebonden. Ze was aan mijn zijde - en bescheiden gedekt - waar ik haar wilde hebben en ik kon haar gemakkelijk losmaken als er gevaar op ons afkwam. Een snelle ruk aan de paal en ze zou vrij zijn.

"Tevreden?" vroeg ik aan Raadslid Bertok.

Hij tuitte zijn dunne lippen, maar knikte en keerde terug naar zijn stoel. Hij kon niets anders doen en hij wist het. Ik had aan zijn eis voldaan, hoewel hij waarschijnlijk verwacht had dat ik haar zou uitkleden en in de boeien zou slaan. De ouwe *zak*.

De crisis was afgewend, maar de kosten kwamen alleen op Eva neer. Ze hield haar hoofd naar beneden gedurende de rest van de vergadering. Ze was, zonder twijfel, beschaamd en erg boos. Terwijl ik me op de agenda concentreerde, lette ik goed op Eva, om te zien of ze zich op haar gemak voelde. Hoewel ik hoge raadslid was, was ik ook haar partner en zij was mijn hoogste prioriteit. Ik had me mijn hele leven aan mijn rol toegewijd. Het was tijd om mezelf aan Eva toe te wijden.

Toen ik de vergadering afsloot, dook één van de hoofdbewakers de tent in. Aan zijn gezicht te zien en het zweet dat van zijn voorhoofd droop, was er iets mis.

"Hoge Raadslid, er is een ongeluk gebeurd. Verscheidene zijn dood en we hebben gewonden."

Het was mogelijk dat ik meer in verlegenheid was gebracht toen Goran toekeek hoe Tark mij neukte, maar dat werd verzacht door opwinding en uiteindelijk een geweldig orgasme. Gedwongen te zitten op het verhoogde platform naast Tark, niet als zijn gelijke, maar duidelijk als zijn... vrouw, of erger nog, een geketend huisdier, was meer dan vernederend. Hoewel hij me niet echt had vastgebonden, geketend of in de boeien geslagen, zoals die vreselijke Bertok had gewild, was ik echt in de val gelokt. De ketting aan de tepelringen had me toch aan de stok gehouden. Tark was attent, maar ik was toch gebonden. Ik had er de eerste minuten van de bijeenkomst over gepiekerd, maar besefte toen dat mijn partner zijn werk deed.

Ook in Trion waren er verschillende gebruiken en Tark moest deze verschillen tussen de raadsleden oplossen. In plaats van mij te boeien, had hij een manier bedacht om mij te beheersen en mij toch enige waardigheid te geven. Ik kende de kracht van Tark en hij kon de stok net zo snel uit het zand halen als hij hem had geplaatst.

Het was de blik in de ogen van de mannen die me het hoofd deed buigen, die me een minderwaardig gevoel gaf, niet Tark. Ik wilde de blikken, de opwinding, de gretigheid en zelfs de nieuwsgierigheid niet zien, die ik had gezien toen ik voor het eerst de tent binnenkwam. Ik wilde alleen de blik van Tark op mij gericht zien. Ik hield ervan als ik zijn ogen zag oplichten van hitte. Ik vond het fijn te weten dat hij naar me verlangde, dat zijn nieuwsgierigheid de mijne evenaarde. Ik vond het allemaal niet erg met Tark, want ik had dat teweeggebracht en ik voelde me machtig, niet sletterig.

Was dit wat hij had proberen te voorkomen door mij afgezonderd te houden? Ik haatte het gevoel verborgen te zijn, afgeschermd van iedereen om me heen. Ik was er niet aan gewend, maar nu wist ik waarom. Buitenpost negen was... ongemakkelijk, zelfs voor Tark. Hij had zijn persoonlijke opvattingen, gewoonten en overtuigingen moeten aanpassen aan de andere raadsleden - dat was nu wel duidelijk met Bertok en een paar van zijn volgelingen - en ik zou compromissen moeten sluiten met de mijne. Ik was openhartig geweest en hij had me geslagen om me de wetten van het land te leren. Ik had geluk dat ik eerder was gestraft, want ik had geleerd mijn mond te houden. Als ik dat niet had gedaan, had Tark me voor de hele raad moeten slaan. Zijn positie, niet alleen als mijn partner, maar ook als Hoge Raadslid, zou dat eisen. Hij had het over het paleis, de stad waar hij woonde. Gelukkig was ons verblijf in dit kamp tijdelijk.

Maar toen de bewaker binnenkwam met het nieuws van een ongeluk, wilde ik mijn hoofd niet naar beneden houden of verborgen blijven. Ik wilde mijn werk doen.

Tark stond onmiddellijk op en rukte de stok uit het zand, mij bevrijdend uit mijn pseudo-gevangenschap. Ik stond op. Tark pakte mijn arm en sleepte me naar Goran toe.

"Breng haar naar de harem."

Toen Goran knikte, zei ik: "Nee! Ik kan misschien helpen."

De zaal was in een chaos uitgebroken. Iedereen praatte tegelijk, velen verlieten de tent met bewakers om hen heen.

"Je bedoelt je medische opleiding?" vroeg Tark, zijn stem laag, zodat alleen Goran en ik het konden horen.

Ik knikte. "Bovendien weten we niet of het ongeluk echt dat was of een soort aanval."

Tark zijn kaak was gespannen, maar hij was aan het nadenken. Hij had nog geen nee gezegd. Ik wilde niet teruggestuurd worden naar de harem, duimen draaien en de wereld aan mij voorbij laten gaan. Iemand zou kunnen sterven als ik niet hielp en dat ging tegen alles in mij in.

"Bedenk dat het een afleiding kan zijn om iedereen

uit de harem weg te sturen," voegde ik eraan toe. "Je moet toegeven dat er velen zijn die mij niet mogen. Mij pijn doen betekent jou pijn doen."

Tark was niet blij met mijn opmerkingen, maar ik kon zien dat hij wist dat ze een zeer duidelijke mogelijkheid waren.

"Alsjeblieft, Tark," smeekte ik. "Ik ben van meer waarde voor deze planeet, voor jou als Hoge Raadslid, voor jou als partner dan alleen een voortplanter. Je mag me een moordenaar vinden, maar ik ben bekwaam in wat ik doe. Laat me helpen."

Hij nam nog een moment om te beslissen. "Goed dan. Je zult te allen tijde naast me blijven. Je moet gehoorzamen, Eva. Begrijp je dat?"

"Ja."

Mijn hart sprong in mijn keel toen ik me realiseerde dat hij me ging toestaan om bij hem te zijn. Hij vertrouwde me, stond me toe meer te zijn dan wat normaal van een partner verwacht wordt. Ik kon niet werkeloos blijven zitten en knutselen en hij wist dat. De overeenkomst, God, het was ongelooflijk, want Tark wist diep van binnen dingen over mij die andere mannen nooit zouden zien of de tijd zouden nemen om te ontdekken.

"Extra bewakers. Nu," beval Tark aan de mannen buiten de tent. "Volg ons."

Tark greep mijn arm en volgde de man die de vergadering had onderbroken. Goran volgde mij op de voet. We liepen tussen de mensen door die zich ongerust maakten over het nieuws. Terwijl we liepen, kon ik meer van Buitenpost Negen zien dan ik eerder had gedaan. Ik had gelijk in mijn veronderstelling. Alle mannen waren groot. Er waren maar een paar vrouwen, allemaal met een mannelijke escorte. Ik keek langs een lange rij tenten en zag aan het eind kraampjes die leken op een bazaar of kermis. Er hing een rookwolk en de lucht rook naar gebakken vlees, amandelen en vreemde specerijen. Terwijl we liepen, raakte ik vermoeid, mijn huid parelde van het zweet. De zon was intens, maar ik wilde mijn zicht niet belemmeren met de capuchon van mijn gewaad..

"Wat is er gebeurd?" vroeg Tark aan de bewaker.

De man keek om, zijn gezicht grimmig.

"Davish en zijn troepen waren op weg naar het zuidelijk gedeelte van de leider, toen ze werden overvallen. Ze waren nog maar halverwege toen de aanval plaatsvond. Zij die het overleefden keerden om, wetende dat de beste kans op hulp hier was. De wachters zagen hun terugkeer en riepen om hulp."

"Drovers?" Vroeg Tark.

"Zeer waarschijnlijk. Ze zijn al lang weg, maar een eskader werd gestuurd om op hen te jagen."

De verschillen tussen Tark als minnaar en als Hoge Raadslid waren indrukwekkend. Terwijl hij dominant was en mij commandeerde, waren zijn aanrakingen, zijn stem, zelfs de stoten van zijn penis, hoewel weloverwogen, heel zachtaardig. Ik was nooit bang voor hem. Nu, echter, kijkend naar de gespannen lijnen van zijn schouders, het besef van macht over hem, maakte hem bijna een ander persoon. Hij was op zijn hoede, zijn verdediging klaar voor wat ons ook te wachten zou staan.

We kwamen tussen twee tenten uit en het land opende zich. Links en rechts was de buitenrand van de buitenpost te zien, bestaande uit een lange rij identieke tijdelijke gebouwen. Het was een uitgestrekte stad in de middle of nowhere, als het uitzicht voor mij een voldoende indicatie was. Ik was met een schoolvriend in de vakantie naar het zuidwesten van de woestijn geweest. Het landschap was dor en armoedig. Er waren geen bomen zoals ik gewend was van waar ik was opgegroeid buiten de hoofdstad van het land. De lucht in Arizona was groot en blauw, de rotsformaties oranjerood. Dat was de enige woestijn die ik had gezien, het enige waar ik dit mee kon vergelijken. Maar de woestijn hier, op Trion, was totaal anders dan alles wat ik ooit eerder had gezien.

Het zand was wit, net als het strand, een eindeloze oceaan die mijlen en mijlen in elke richting doorliep. Het glooiende landschap was bezaaid met struikgewas, paars, rood en bruin, en een paar grillige grijze rotsformaties doorbraken de rechte horizon. Wat me naar adem deed snakken waren de twee manen die ik aan de hemel kon zien, een witte en een bloedrode. Ik hield mijn hand boven mijn ogen tegen de schittering en staarde alleen maar. Maar niet voor lang.

De bewaker wees en rechts van ons was een kleine groep mensen en grote dieren. Ik dacht onmiddellijk dat het kamelen moesten zijn, aangezien we in de woestijn waren, maar ze leken meer op langharige paarden. Mannen hielden de hengels van de dieren vast, die in een beschermende cirkel waren geplaatst rond mensen die languit op de grond lagen. Tark drong zich een weg naar het midden en trok mij met zich mee.

Ik telde snel, mijn training begon. De bekende adrenaline pompte door mijn aderen. Acht mensen lagen op de grond, zowel mannen als vrouwen. Sommigen spartelden in het rond, duidelijk gewond en lijdend, anderen lagen stil. Eén was duidelijk dood van waar ik stond, hersenweefsel kwam uit een barst in zijn schedel.

Eén van de mannen zag ons aankomen, ging naast een gewonde vrouw staan en sloot snel de afstand tussen ons.

"Hoog Raadslid." Hij knikte respectvol. "We hebben één dode, drie op weg naar de dood, en de rest heeft verwondingen die niet levensbedreigend zijn. Helaas kunnen onze sondes en scanners de ernst van sommige wonden niet vaststellen."

"Er is iets mis. Ze bloedt hevig!

We draaiden ons om naar de schreeuw. Een andere man knielde voor de gewonde vrouw. "Het is net begonnen en ik kan het niet laten ophouden. De ReGen toverstok werkt niet!" Hij was in paniek, zijn ogen wijd open terwijl hij toekeek hoe het bloed uit de wond in haar dij stroomde. De man zwaaide er met een klein apparaatje overheen, maar er was deze keer geen blauw licht, en ik merkte geen verbetering.

"Dat is een slagaderlijke bloeding. Ik moet helpen."

Een hand op mijn arm hield me tegen.

Ik keek op naar Tark. "Je kunt me straks billenkoek geven wat je wilt, maar ik moet helpen. Nu. Ze zal binnen een minuut dood zijn als het niet gestopt wordt." Ik trok me los uit zijn greep.

"De ernstige gevallen kunnen naar de medische afdeling worden gebracht, zei Tark.

"Ze zullen sterven voor ze aankomen en er zijn geen reanimatie pods," reageerde de man. Had hij wel eens een slagaderlijke bloeding gezien?

"*Verdomme*," fluisterde Tark.

Ik rukte nog harder aan Tark's greep toen ik zag hoe het bloed onder de gewonde begon te vloeien in het zand. "Ik kan je helpen, idiote partner. Ik ben verdomme een dokter. Het is mijn werk om te helpen."

"Jij?" vroeg de andere man, stomverbaasd.

Of Tark had zijn greep verslapt, of ik had me los kunnen maken. Ik reageerde niet op de opmerking van de man, maar zei: "Ze heeft onmiddellijk een stuwband nodig." Ik zakte op mijn knieën in het zand om de verwonding te beoordelen. Ik keek niet op toen ik riep: "Zoek een eenvoudige tang voor me en een naald en draad."

De drie mannen pauzeerden even.

"Nu!" riep ik.

"Geef haar wat ze nodig heeft," beval Tark en ze kwamen in beweging om zijn bevelen uit te voeren.

Ik pakte de lange zoom van mijn badjas en scheurde een strook van de onderkant. Ik duwde het onder haar been en wikkelde het om haar dij boven de grote snee, waar bloed uit spoot. Ik had geen idee hoe ze het had overleefd na haar aanval. Mijn enige gedachte was dat de vrouw verder gewond was geraakt tijdens het ruwe transport. Ik trok aan de strook en maakte een strakke knoop boven de snee, de bloedstroom werd minder.

"Haar liesslagader is geraakt. Misschien is het erger geworden door haar te verplaatsen en is het gescheurd." Het maakte niet uit hoe het gebeurde, het moest gewoon hersteld worden. Ik was dankbaar voor de korte lengte van de gebruikelijke onderjurk die ze droeg, deze keer zat de onderste helft onder het bloed. Het gewaad bovenop was gelijk aan het mijne, maar bedekte haar niet, in plaats daarvan lag het uitgespreid onder haar op de grond.

Ik stak mijn vingers in de snee en vond snel de gekerfde plek. "Geef me de tang." Ik keek op en Tark was boven me, mijn ogen beschermend tegen de zon. Hij was een donker silhouet boven me, maar ik wist dat hij het was. "Tang," herhaalde ik. "Een soort klem of een manier om de slagader dicht te houden terwijl ik het gat dichtnaai."

Voordat hij zich kon verroeren, kwam de man die ons had opgewacht aanlopen en overhandigde me iets dat op een tang leek. "Dit zou goed moeten werken." Met glibberige vingers klemde ik de slagader af. "Ik heb iemand nodig om ze vast te houden."

Tark knielde naast me, onze schouders botsten, en hielp ze op hun plaats te houden. "Hou ze dicht."

"Naald en draad?" Vroeg ik.

Het verscheen links van me, de naald al ingeregen en klaar om te gaan. Voorover leunend, naaide ik voorzichtig en methodisch het kleine gaatje dicht. Het waren maar een paar steekjes, maar die kleine steken waren het verschil tussen leven en dood.

"Laat de klem los, maar verwijder hem niet. Ik wil dat je klaar bent om weer druk uit te oefenen als de hechtingen het niet houden."

Tark verslapte zijn greep op de klem en we keken toe hoe de hechtingen hielden. Ik wist dat er mannen boven ons stonden, maar ik was niet in hen geïnteresseerd, alleen dat de slagader van de vrouw het zou houden.

"Kan ze hersteld worden met dat... toverstok ding op de medische afdeling?" vroeg ik, mijn handen direct boven de snee, klaar om meer hechtingen aan te brengen als dat nodig was.

"Ja, nu het bloeden gestopt is."

Ik wist niet wie er sprak, maar hij stond links van me.

"Gebruik de ReGen Toverstok hier op haar voordat je haar probeert te verplaatsen. Zorg voor zoveel mogelijk genezing, zodat er geen kans is dat het weer open gaat. Pas als de slagader zelf hersteld is, kun je de knelband verwijderen. Maar wees snel, anders is ze haar been kwijt." Ik zwaaide met mijn bebloede hand in de lucht. "Genees die slagader, of wees heel, heel voorzichtig als je haar naar dat pod ding brengt waar je het over had."

Verschillende mannen namen mijn plaats in naast

de patiënt. Pas toen zag ik haar gezicht - toen ik op iets anders lette dan op de vreselijke wond - en herkende ik Mara. Ik zat tot aan mijn onderarmen onder haar bloed. Ik was blij te zien dat ze het zou halen. Ze was misschien een trut, maar dat betekende niet dat ze het verdiende om te sterven.

Ik draaide me van haar weg, aangezien ze stabiel was en verzorgd werd. "De patiënten zijn behandeld, dus wie is de volgende?" Ik wierp een blik omhoog om op het antwoord te wachten. Toen niemand reageerde, keek ik naar de andere gewonden. "Wie zal er sterven als ze niet onmiddellijk behandeld worden?"

Een hand wees achter me en ik draaide me om en verzorgde de volgende patiënt. Ik wist niet hoe lang ik bezig was, maar het duurde even om een man met een doorboorde long te stabiliseren. Met behulp van een vel plastic dat aan een vreemd elektronisch klembord was bevestigd, kon ik een provisorische afsluiting van de wond maken, zodat de man beter kon ademen. Gestabiliseerd, werd hij naar de medische afdeling gebracht voor de ReGen toverstok. Ik wist niet wat een ReGen toverstok was, maar het klonk als iets dat ik graag wilde onderzoeken.

De rest van de gewonden werd op eenvoudige brancards naar de medische afdeling gebracht. Ik zette een gebroken been schrap, maar Trion's gadgets konden het beter genezen dan dat ik een gipsverband aanmaakte, wat ik in het midden van een woestijn niet kon, hoe goed mijn vaardigheden ook waren.

Toen de laatste gewonden weg waren, kwam Tark

dichterbij, samen met een paar andere mannen. Ik moet een bezienswaardigheid geweest zijn. Ik had bloed tot aan mijn ellebogen, mijn gewaad was gescheurd aan de zoom en hing van mijn schouders, en bloedvegen bedekten de voorkant van mijn jurk. Ik zweette en mijn haar plakte aan mijn vochtige voorhoofd en nek.

Ik was moe, warm en hongerig en de adrenaline was uitgewerkt, waardoor ik geen zin had om naar de harem te worden geleid of om aan een stok te worden gebonden of om te horen te krijgen dat ik een moordenaar was. Ik kreeg een rilling over mijn nek toen de man die ons had ontmoet, sprak.

"Ik ben dokter Rahm. Dat was indrukwekkend."

Ik hief verbaasd mijn hoofd op naar de man.

"Hoge Raadslid Tark vertelde me dat je een dokter op aarde was. Jou aan het werk zien was ongelooflijk. Jouw vaardigheden in het veld zijn veel beter dan elke medische technicus hier op Trion en ik ben dankbaar dat je hier vandaag was om te helpen. Ik ben bang dat we te afhankelijk zijn geworden van onze technologie. Bedankt dat je ons vandaag hebt geholpen."

Ik schraapte mijn keel, want hij was zo droog en ik had dorst. "Bedankt."

"Ik heb gehoord dat de eerste van de gewonden volledig hersteld zijn op de medische afdeling, de anderen zijn bijna klaar met hun herstel. Zelfs de vrouw met de beenwond."

Ik kon het niet helpen maar glimlachte, wetende

dat mijn vaardigheden nuttig waren geweest, dat mensen hadden geleefd dankzij mij.

"Dat is goed om te horen."

De man keek me nieuwsgierig aan, maar niet zoals de mannen in de raad.

"Ik zou graag verder met je willen praten, want misschien kun je ons een paar van je vaardigheden leren. Het hechtwerk dat je deed met de hechtingen..."

"Dokter Rahm, mijn partner is duidelijk vermoeid." De beschermende stem van Tark onderbrak de man. " Je mag haar een andere keer ondervragen. Ze heeft een badkamer en eten nodig, anders moet ze zelf opgeknapt worden."

Hij boog lichtjes. "Natuurlijk. Ik verontschuldig mij. Ik heb hier op Trion nog nooit iemand met haar vaardigheden gezien."

"Ik zal een tijd afspreken voor een ontmoeting, als dat acceptabel voor je is, Eva."

Tark gaf mij de leiding, wat op zich al een verrassing was. Hij was degene die de leiding had in onze relatie. Ik was degene die moest gehoorzamen. Deze verandering was een verrassing.

"Ja, natuurlijk."

"Tot dan, bedankt." De man boog, niet voor Tark, maar voor mij, en trok zich terug.

Tark leunde voorover, zodat hij in mijn oor kon fluisteren. "Het lijkt erop, gara, dat ik niet de enige ben die in de ban van je is."

8

Ik was vol ontzag voor mijn partner. Eenmaal terug in mijn tent, hielp ik haar haar bebloede kleren uit te trekken en liet ze vallen op een vieze stapel aan haar voeten. Ik dacht aan haar toen ze de gewonden had geholpen. De manier waarop ze Mara's leven had gered was beangstigend, opwindend en intens geweest.

Een ReGen toverstok was niet in staat geweest om een wond van die grootte aan te pakken. Ze waren gemaakt om kleine snijwonden en schrammen te behandelen, dingen die niet het volledige gebruik van de regeneratie-eenheden vereisten. Dokter Rahm was niet in staat geweest Mara te helpen. Mensen op Trion stierven niet vaak aan het soort wond dat Mara had. We hadden genezingshulpmiddelen die de meeste noodgevallen snel en efficiënt oplosten. In dit specifieke geval, met de combinatie van de afgelegen locatie en andere factoren, waren de middelen niet effectief.

De vaardigheden die Eva had, waren wat nodig was, wat onze dokters moesten leren. Met medische apparatuur zwaaien hielp niet veel. Misschien was dit een onderwerp voor de Hogeraad. Als Eva's praktische vaardigheden iemand op Trion van de dood konden redden, dan waren ze het waard om aan onze medische technici te leren.

Ik opende de deur van de badkamer voor Eva en zette het apparaat op de volledige reinigingscyclus. "Vergeet niet je ogen te sluiten," mompelde ik, terwijl ik me de eerste keer herinner dat ze de machine had gebruikt en niet wist wat ze moest doen. Het was een enge ervaring voor haar geweest. Ze had me verteld hoe ze op aarde baadde en hoewel het ouderwets was, had het idee van mijn zeephanden op haar naakte lichaam mijn penis hard gemaakt. "Het bloed zal eraf komen en je zult schoon worden zonder schrobben."

Deze keer was ze veel volgzamer, een combinatie van vertrouwen en vermoeidheid.

Ik had al vaak gevochten en herinnerde me de spanning in de lucht. De hoge inzet. Het was leven of dood en de adrenalinestoot in mijn bloed maakte me urenlang bijna high. Dan ebde het weg en was ik leeg, alsof mijn energie van me af werd gespoeld in de badkamer.

Hoewel Eva geen gevecht had meegemaakt - ze was volkomen veilig geweest met mij en de bewakers om haar heen - had ze een soortgelijke reactie. Ze had voor iedereen gezorgd en nu was het mijn beurt om voor haar te zorgen.

Toen ze klaar was, stapte ze naar buiten en er was geen spoortje bloed meer te zien. Haar schoonheid was adembenemend. Haar verstand, haar intelligentie was ontzagwekkend. Ik was meer verbaasd over mijn partner dan ooit tevoren.

"Sta stil, *qara*."

Ik reikte naar mijn ketting en maakte voorzichtig de schakels los die haar aan de tepelringen bevestigden, eerst de ene kant, dan de andere.

Ze keek naar me, keek toen op en fronste haar wenkbrauwen. "Waarom doe je dat? Geef je me... terug?" Angst verbleekte alle kleur van haar wangen.

"Oh, *qara*, nee." Ik streelde met mijn vinger over die zachte, bleke huid. "Ik wil je op een andere manier versieren. Je hebt me vandaag behaagd. Je liet me jou... mij... dingen op een nieuwe manier zien."

Ik nam haar hand en leidde haar naar mijn bed, liet haar in het midden zitten op de dekens en het bont. Ik tilde het deksel op van mijn kleine kist die naast het bed stond, haalde de edelstenen eruit en hield ze omhoog.

"Ik ben niet zeker van de gewoonte op aarde, maar een man op Trion versiert zijn partner met juwelen."

Ze knikte. "Op aarde is het meestal een ring."

Ik keek naar haar onversierde vingers. Vingers die tot voor kort nog in het bloed hadden gezeten. Op dat moment realiseerde ik me iets belangrijks. Misschien wist ik het al de hele tijd, maar haar acties vandaag bevestigden het. Ze had de handen van een genezer, niet van een moordenaar.

"Jij bent geen moordenaar."

Ze fronste, een diepe V vormend in haar wenkbrauw. "Wat heeft dat met juwelen te maken?" vroeg ze.

Ik keek neer op de groene edelstenen in mijn handpalm. "Niets." Ik ontmoette haar ogen. "Je misdaad. Je zei dat je een moord had gepleegd."

Ze antwoordde niet, want ik had haar geen vraag gesteld.

"Dat is niet waar, toch? De match, ik weet dat de match waar is. Onze band..." ik wees tussen ons beiden... "is geen leugen."

Tranen vulden haar ogen. "Nee. Wij zijn geen leugen."

"En de rest?" vroeg ik, mijn stem zacht. Ik had het gevoel dat het gewicht van Trion in haar antwoord zat.

"Leugens," fluisterde ze, een traan gleed over haar wang. Ze veegde hem weg met de rug van haar hand.

Ik zuchtte, onmiddellijk tevreden.

"Vertel het me. Vertel me alles."

Ik ging voor haar op het tapijt zitten terwijl ze me vertelde wat er gebeurd was.

"Ik werk in een ziekenhuis, op een medische afdeling, op aarde. Mensen komen daar als ze ziek of gewond zijn, zoals de gewonden van vandaag. Ik red levens. Dat is mijn werk. Op een avond kwam er iemand binnen die was neergeschoten." Ze beschreef me wat dat betekende, het soort wapens dat gebruikt was. "Hij was gestabiliseerd en klaar voor een kamer. Op aarde duurt het dagen of weken om te genezen. Terwijl hij wachtte, kwam iemand het ziekenhuis binnen en vermoordde hem. Hij maakte deel uit van een misdaadfamilie - een familie die slechte dingen doet - en zijn dood was nodig om een soort bendeoorlog tussen de families te beëindigen. Dat deel van het verhaal is niet belangrijk, alleen dat ik de enige getuige was, ik zag de moordenaar door het gordijn dat zijn bed scheidde van de anderen."

Ik klemde de juwelen stevig in mijn greep. Het idee dat Eva zo dicht bij een moordenaar was - een echte moordenaar - maakte me klaar om naar de aarde te transporteren en de man op te jagen.

"Hij heeft mij niet gezien, wist niet dat ik er was. Toen de politie kwam, werden we allemaal ondervraagd en ik was in staat om de man te identificeren. Het blijkt dat hij voor veel van dit soort misdaden wordt gezocht, maar nooit veroordeeld kon worden. Hij is een bekende moordenaar, met vele doden om voor te betalen. En ik ben de enige die hem kan stoppen. Mijn getuigenis zou hem opsluiten en een machtige misdaadfamilie met goede connecties ten val brengen.

Ontzetting vulde mijn buik bij waar dit verhaal heen ging. Ik wist wat ze nu zou zeggen.

"Ze stuurden je weg om je veilig te houden, zodat de moordenaar je niet kon bereiken."

Ze hadden haar helemaal naar Trion gestuurd.

Ze knikte. "Maar de enige manier waarop ik dat kon doen, was door me als crimineel aan te sluiten bij het Interstellaire Bruidsprogramma. Op aarde worden de ergste criminelen versneld toegelaten en mijn match was snel gemaakt."

Ik was boos. Woedend zelfs. Eva was gedwongen haar leven op te geven, naar een andere planeet te gaan, omdat ze getuige was geweest van een misdaad. "Jij bent de onschuldige, en in plaats van die vent werd jij uitgemaakt voor de crimineel, de moordenaar. Wat Bertok en de anderen tegen je zeiden."

Ik slikte de bittere woede in mijn keel weg.

"Ja, maar ik was aan jou gekoppeld," antwoordde ze.

Ik keek haar woest aan. Ze had gelijk. We waren aan elkaar gekoppeld door deze toevallige daad. Het zou anders nooit gebeurd zijn. Ze zou nooit een crimineel zijn en daarom nooit in het Interstellaire Bruidsprogramma terecht zijn gekomen. Was het het lot geweest? Het leek me het lot.

"Dan doet het er niet toe. Niets van dat alles. Je bent hier, veilig en weg van het gevaar op aarde."

Ze ging op haar knieën zitten om dichter bij me te komen. Haar bleke ogen stonden somber in plaats van opgelucht.

"Ik moet terug."

Ik stond abrupt op. Haar woorden troffen me als een dreun in mijn maag. "Wat?"

Ze kon niet zomaar weggaan. Ze was net aangekomen. Ik had haar net gevonden. Ze was van mij en ik gaf haar niet terug.

"Ik moet getuigen. Ik heb een persoonlijke transportknobbel geïmplanteerd in mijn schedel." Haar hand ging naar een plek achter haar oor. "Als het tijd is, zal het me terug transporteren om te getuigen. Gewoonlijk zijn alle matches voor aardse bruiden permanent, maar dat geldt niet voor mij. Ze zijn van plan me terug te brengen naar de aarde voor het proces. Ik moet terug."

"Wanneer? Waarom heb je me dat niet verteld?"

"Ik weet niet wanneer. Ze zeiden dat de rechtszaak over een paar maanden zou zijn. Ik moest me hier op Trion verstoppen tot ze me oproepen."

"Nee. Ik zal je niet opgeven. Laat dokter Rahm de knobbel verwijderen."

Ze schudde langzaam haar hoofd. "Zo werkt het niet. Het was onderdeel van de afspraak. Ze wilden me in leven houden om te getuigen. Uiteraard wilde ik in leven blijven, dus stemde ik toe. Ik wist niet waar ze me heen zouden sturen of naar wie. Ik wist niets, net als jij. Ik liet hen ermee instemmen me terug te brengen, niet alleen om te getuigen en de man in de gevangenis te stoppen, maar omdat ik een manier nodig had om naar huis te gaan."

Mijn hart klopte zo hard dat ik zeker wist dat Eva het kon horen. Ik voelde het pijn doen bij het idee alleen al dat ze zoveel lichtjaren weg was. Ik vond het zelfs niet leuk dat ze in de harem aan de andere kant van de buitenpost was.

"En nu? Wil je naar huis?"

"Ik... Ik weet het niet."

Haar besluiteloosheid vond ik prima. Ze zei geen ja. Ze sprong niet gretig op haar voeten in afwachting van de terugkeer naar de aarde. Ze keek verloren en verward. Als ze wilde blijven, dan gaf ze haar wereld op, haar manier van leven, voor altijd. Als veroordeelde had ze geen keus, maar Eva had altijd geweten dat ze naar huis kon terugkeren. Ze was er onzeker over.

Het was mijn taak om haar te overtuigen, om haar te laten blijven. Misschien las ze mijn gedachten, want ze zei: "Ik moet gaan. Ik heb geen keus. De transporttechnologie zal me terugbrengen. Ik weet niet eens wanneer het gaat gebeuren."

Er moest een manier zijn. Ik moest ontdekken hoe ik haar kon houden. Voor nu, moest ik het haar laten zien, om haar twijfels weg te nemen. Ze moest weten dat ze van mij was. Ik had het keer op keer gezegd, haar gedwongen, haar zelfs gestraft. Nu was het tijd om haar mijn echte gevoelens te tonen, om haar te overtuigen te blijven door de band die we deelden.

Ik ging terug naar het bed, tilde haar kin omhoog met mijn vingers zodat haar ogen de mijne ontmoetten. Vastgehouden. "Is Eva echt je naam?"

"Ja."

"Het maakt niet uit dat het bruidsprogramma ons matchte. Het enige dat telt is wat we denken. Ik weet dat je mijn perfecte match bent. Ik voel het."

Tranen drupten over haar wangen. Ik knielde voor haar en opende mijn handpalm.

"De ketting tussen je borsten markeerde je als de mijne voor iedereen te zien, maar het was een symbool van mijn macht over jou. Je was er zelf getuige van tijdens de ontmoeting eerder. Terwijl ik mijn bezitterigheid bewees aan de raadsleden, ging dat ten koste van jou."

Ik bevestigde één van de groene edelstenen aan de ring aan haar rechter tepel, en daarna de andere aan de linker.

"Nu ben je weer gemarkeerd als de mijne. Ik hoop dat je deze zult dragen omdat je er trots op bent de mijne te zijn. Ze laten zien dat ik ook de jouwe ben."

Ze was nog mooier zonder de ketting. De edelstenen lieten haar bleke huid gloeien en haar haar glanzen als vuur. Mijn penis klopte in mijn broek en herinnerde me eraan dat mijn hart haar mijn gevoelens wilde vertellen, maar mijn penis wilde het haar laten zien.

"Het is te veel," antwoordde ze.

Ik fronste en omvatte haar beide borsten. "Zijn ze te veel? Doen ze pijn?" Haar huid was als de fijnste zijde, mijn handpalmen zo ruw en donker tegen haar tedere huid.

Ze schudde haar hoofd. "De edelstenen. Ze lijken kostbaar."

Mijn bezorgdheid nam af. "Jij bent kostbaar." Ik grijnsde toen, klaar om deze stemming te verlaten. Ik deelde mijn gevoelens niet vaak met anderen - als ik ze al ooit deelde - en ik was klaar om mijn tijd met Eva in meer dierlijke richtingen te richten.

"Hebben de ringen die je droeg dit gedaan?" Ik zwaaide met mijn hand voor de edelstenen en ze begonnen te vibreren. Het stukje dat de edelsteen aan de ring bevestigde was een stimulator die ik kon bedienen.

"Oh," hijgde ze. "Je hebt... je hebt veel verschillende soorten speeltjes."

"Speeltjes? Als in kinderen?"

Haar ogen vielen dicht en ze stootte haar borsten uit. "Nee, speeltjes voor... voor seks. Zoals de stimbollen."

Ik streelde de onderkant van een borst en ze wierp me een blik toe. "Hmm, die vond je te lekker, geloof ik, zeker als je ze als speeltje beschouwt. Hou je van speeltjes voor de seks?" Hoewel we zeker aan elkaar gewaagd waren, had ik nog veel te leren.

"Ik heb ze in het verleden nog nooit bij een ander gebruikt, maar tot nu toe denk ik van wel."

Ik vond het leuk hoe ze die zin verwoordde. Het deed me geloven dat de vrouw veel avontuurlijker was in haar verlangens dan zelfs zij zich realiseerde. Misschien had ze gewoon nog nooit de kans gehad om haar grenzen te testen, wat ik haar nu zeker zou geven. "Eva, je bent een stoute meid." Ik grijnsde. Leunend op een elleboog reikte ik over de zijkant van het bed naar de kleine kist. Ik gooide een verscheidenheid aan speeltjes voor seks op het bed.

"Hier, je hebt toestemming om hiermee te spelen terwijl ik in de badkuip zit, maar je mag niet klaarkomen. Jouw genot behoort mij toe." Ik pakte één van de seksspeeltjes op en overhandigde het aan haar, waarna ik in bad ging.

Het kon mijn penis niet schelen of ik schoon was of

niet, maar ik wilde haar een paar minuten de tijd geven om zelf met de voorwerpen te spelen voordat ik ze allemaal, stuk voor stuk, op haar gebruikte.

"Heb je er nog niet één gevonden die je aanspreekt?" vroeg Tark, terwijl hij uit de badkamer stapte. Ik keek op van de selectie van ruimte-seksspeeltjes en mijn mond werd droog. Ik had Tark nog nooit helemaal naakt gezien. Voor mij stond een krijger. Hij zag er dodelijk uit, zo donker en dreigend en met zijn grootte en formidabele spieren, was niemand een partij voor hem. Geen wonder dat ik me zo gemakkelijk aan hem overgaf. Hij straalde gewoon kracht uit en te oordelen naar de manier waarop mijn poesje begon op te zwellen en zachter werd voor hem, droop hij van de feromonen.

"Oh, ik... um."

Hij grijnsde bij mijn gebrek aan woorden. Hij hield zijn kin schuin en wees op wat ik vergeten in mijn hand hield. "Wil je dat ik je vertel wat dat zijn, of wil je het zien?"

Ik wierp een blik op de vreemde voorwerpen. Het ene leek op een dildo, maar had de vorm van trapsgewijze bollen, smal aan de bovenkant en breder aan de onderkant, waar mijn hand het vastgreep. De andere had de vorm van een U en was gemaakt van een glad metaal, ik had geen idee hoe het werkte of waar het heen ging. Ik kon het niet laten trillen of zo.

Ik likte mijn lippen. "Laat het me zien."

Hij kwam naar het bed toe, kroop naast me en nam het van me over. Hij wierp een blik omlaag op één van de edelstenen op mijn tepels. "Vind je deze mooi?"

"Mmm," mompelde ik. Het gewicht van de edelstenen was veel minder dan dat van de ketting en ik voelde me bijna naakt zonder. Maar de ketting had niet getrild, had helemaal niets gedaan behalve een constante ruk uitgeoefend. De edelstenen zorgden ervoor dat mijn tepels zich bijna onmiddellijk verhardden nadat Tark met het trillen was begonnen. Mijn borsten vastgrijpen, zelfs met mijn handpalmen op de tepels drukken, deed de pijn die de edelstenen veroorzaakten niet afnemen. Ik wist niet zeker hoe lang ik het uit zou houden met zo'n simpele marteling. Nu wilde de man wat rare speeltjes op me gebruiken. Ik wist niet zeker of ik het zou overleven. Maar ik wilde het proberen.

"Op je buik."

Toen ik hem met verwijdde ogen ondervroeg, zei hij: "Denk eraan, gara, ik zal je buiten deze muren als een gelijke behandelen - zolang je veiligheid niet in gevaar is - maar als het op neuken aankomt, zul je je aan mij onderwerpen. Altijd."

Zijn stem was zacht, maar ik hoorde het bevel erin. Hij had zich afzijdig gehouden en gedaan wat ik hem beval toen ik Mara behandelde, hij deed een stap terug en liet mij mijn werk doen tot alle patiënten behandeld waren. Ik had de leiding en hij had dat geaccepteerd. Maar hier, in deze tent, was hij de dominante. Ik liet het toe, niet alleen omdat het waar was, maar omdat ik het zo wilde. Ik wilde dat Tark me zei wat ik moest doen, dat hij de leiding nam, me vastbond en zijn zin kreeg. Ik wilde zelfs dat hij me sloeg. Dit wond me op, het beviel me. Het vervulde een behoefte in mij, waarvan ik niet wist dat ik die had. De testen van het bruidsprogramma hadden een glimp opgevangen van de diepste plekken in mij, de plekken die ik zelfs voor mezelf verborgen hield. Daarom stelde ik hem geen vragen. In plaats daarvan rolde ik me om, voorzichtig met de edelstenen op de lakens.

"Kom maar op je ellebogen als het nodig is. Ik zou het fijn vinden als je dat deed, want ik zie je graag zo mooi versierd."

Met mijn gewicht op mijn onderarmen, was mijn rug gebogen en mijn borsten naar voren gestoken. Ja, afgaande op de manier waarop zijn ogen donkerder werden en zijn oogleden zich vernauwden, vond hij het wel leuk. Ik voelde me... mooi.

Zijn hand gleed langs mijn rug, over de ribbels van mijn ruggengraat naar beneden, tot hij één van mijn billen vastpakte.

"Zo perfect."

"Je gaat me toch niet slaan?" vroeg ik, gespannen en wachtend op die eerste daverende klap van zijn handpalm. Ik voelde mijn poesje tranen bij het idee.

Zijn ogen gingen van het kijken naar zijn hand naar mijn gezicht. "Wil je dat ik het doe?"

Ik schudde mijn hoofd, hoewel er een klein beetje onwaarheid in zat.

Hij hield het speeltje omhoog. "Dit, dit zal je kont vullen, je open rekken om mijn penis te kunnen nemen."

Mijn ogen verwijdden zich, terwijl ik het speeltje op een geheel nieuwe manier zag.

Grijnzend legde hij het op het bed en hield de U omhoog. "Deze dan." Hij plaatste hem tussen de twee kuiltjes op mijn onderrug. "Tijdens de eerste neukpartij heb ik je hier aangeraakt." Hij was met zijn vingers tussen de naad in mijn billen en over mijn achteringang naar beneden geschoven. "Nee, gara, niet aanspannen. Ontspan je."

Zijn hand bewoog weg en hij reikte naar iets van de stapel speelgoed die hij op het bed had achtergelaten. Het was een soort flesje en toen hij zijn positie verplaatste zodat hij zijn beide handen kon gebruiken, begon ik me zorgen te maken. Ik had een idee van wat hij ging doen, waar het voor was, dus ik was bezorgd en lichtelijk opgewonden tegelijkertijd. Toen hij het flesje ondersteboven hield, kwam er een druppel heldere vloeistof uit het uiteinde en die druppelde op zijn vingers. De geur kwam me bekend voor. Amandelen.

Ik wist waar de speeltjes heen zouden gaan en probeerde me te ontspannen. Ik keek over mijn schouder toe hoe hij met één hand mijn billen van elkaar scheidde en voelde hoe de glibberige vloeistof me daar omhulde.

Terwijl hij zachtjes om me heen draaide, heel lichtjes, heel langzaam, murmelde hij tegen me. "Shh, goed meisje, haal adem. Ja, ontspan. Je kwam klaar toen mijn vinger in je zat. Stel je voor hoe het zal voelen als mijn pik diep begraven is. Deze is veel kleiner dan dat andere speeltje. Anders. Vertrouw me."

Ik vertrouwde hem, maar ik kon het niet helpen me vast te klemmen bij het idee dat zijn penis me zou vullen... daar. Hij lachte naar me, maar ik was niet gestoord. Nou, niet daardoor. Ik begon me erg te storen aan zijn opmerkzaamheid.

Hij pakte het flesje op en plaatste het direct tegen mijn maagdelijke opening, en liet het topje gemakkelijk in me zakken. Het was erg klein, dus zelfs toen ik me vastklemde kon het naar binnen. Ik voelde warmte in me sijpelen. De zoete geur was sterk, sterk genoeg om de droom van het verwerkingscentrum terug te brengen. God, had ik gedroomd over de geur van anaal glijmiddel?

"Dit zal je glad maken, gara, ik zal je nooit pijn doen. Dat is het. Voel je dat? Ja, het is warm en het vergemakkelijkt de weg voor mijn vinger, of het speeltje, en vooral mijn penis."

Ik wist niet hoeveel van de vloeistof hij in me had gedaan, maar ik voelde het vrij ver naar binnen gaan, de warmte ervan was een verrassing. Het deed helemaal geen pijn, maar nu wist ik hoe diep hij me wilde vullen. Hopelijk bereidde hij me voor met meer dan alleen glijmiddel.

Misschien hoorde gedachten lezen bij de match, want hij zei: "Geen penis vandaag, gara. Je bent nog niet klaar... nog niet. Binnenkort wel. Binnenkort zul je me overal hebben. Ik zal elk deel van je opeisen."

Ik hijgde bij het idee en de gretige toon van zijn woorden. Hij tilde het speeltje van mijn onderrug en scheidde me opnieuw. Deze keer, in plaats van zijn vinger, voelde ik het koele metaal tegen me aandrukken. Hij omcirkelde het en drukte tegelijkertijd naar binnen terwijl hij tegen me bleef fluisteren. Woorden van lof, woorden van verlangen en het ontspande me, deed het voorwerp in mijn kont glijden, me open rekkend in het proces.

Toen het me daar eenmaal was binnengedrongen, was Tark nog niet klaar, want nu wist ik waarom er een U aan zat. Het andere uiteinde gleed gemakkelijk en zonder enige vorm van aanmoediging in mijn poesje. Verder en verder ging het naar binnen tot ik van voor tot achter gevuld was met hard metaal. Hij was niet zo dik als die van Tark, dus toen mijn lichaam zich aan het vreemde voorwerp vastklemde, wist ik meteen dat het niet genoeg was.

Tark streek met zijn hand over mijn billen. "Hoe voelt dat?"

Ik wierp een blik op hem, de krijger was veranderd in een minnaar. Zijn penis stond dik en fier uit zijn lichaam en ik wist dat hij wenste dat hij volledig in mij zat in plaats van het speeltje.

"Hij is... diep. Maar niet zo groot als jij."

Hij grijnsde boosaardig. "Vleierij, gara. Ik vind het lekker. Maar kan mijn penis dit ook?"

Ineens begon het metaal te trillen.

"Shit!" riep ik, mijn armen zakten in elkaar en ik

viel op het bed. "Trilt... trilt alles op Trion?" vroeg ik, hijgend.

Ik kon niet stil blijven liggen. Ik moest bewegen, want het U speeltje raakte elk gevoelig plekje in mij, sommige waarvan ik niet eens wist dat ik ze had. Iets diep in mijn kont voelen had slecht moeten voelen, maar het voelde als de hemel. Dit, dit was als mijn droom. Het intense genot, de geur van amandelen. Oh, mijn God, ik ging klaarkomen. Ik stak mijn kont in de lucht, wiebelde ermee, viel op mijn zij en greep naar mijn borsten, in een poging de pijn erin te verzachten.

"Tark!" riep ik.

Hij keek gretig toe hoe ik op het bed kronkelde, duidelijk tevreden met zichzelf.

"Meester," zei hij, zijn stem een diepe grom.

Hij draaide me op mijn rug, spreidde mijn benen, en nestelde zich tussen hen in. Hij was niet zacht, maar ik had geen zachtheid nodig. De gevoelens waren ongelooflijk en ik was een gelukzalige dood aan het sterven. Het zweet brak uit op mijn huid en mijn hart bonsde. Ik kon nauwelijks op adem komen, laat staan schreeuwen.

Mijn ogen waren dichtgevallen en ik was verloren in het genot. Daarom had ik niet geweten dat hij zijn hoofd tussen mijn dijen had gestoken, tot ik voelde hoe zijn mond zich vastklampte aan mijn clitoris. Ik tilde mijn hoofd op en keek naar hem over de lengte van mijn lichaam. Hij keek me aan, zijn mond glinsterend en sappig van mijn sappen.

"Meester," riep ik.

"Moet je klaarkomen, Eva?"

Hij streek met zijn tong over mijn clitoris, zijn warme adem streelde het gevoelige plekje. Met zijn handen pakte hij mijn heupen vast, stopte mijn gekronkel.

"Ja."

"Zeg het."

"Ik wil klaarkomen... meester."

"Braaf meisje. Je mag nu komen."

Hij zette zijn mond op me en zoog, zijn tong stak uit terwijl hij op één of andere manier aan me zoog. Ik had geen idee wat hij deed en het kon me niet schelen. Hij was net zo bedreven met zijn mond als met zijn vingers en zijn penis.

Ik kwam klaar met een gil. Het was zo hard dat mijn dijen het hoofd van Tark omklemden. Ik zou zeker zijn schedel kraken als een notenboom, maar dat kon me niet schelen. De trillingen in mijn kont waren zo ongelooflijk dat de tranen over mijn wangen rolden. Ik kon er niet tegen. Het was te veel. Tussen mijn kont, mijn poesje, en Tark's meedogenloze aanval op mijn clitoris, kwam ik weer klaar. En nog een keer.

"Stop. Stop!" schreeuwde ik. Ik ging dood van genot.

Ineens verminderden de trillingen van het U-speeltje en de tepeljuweeltjes, en stopten toen helemaal. Tark bleef aan mijn clitoris likken, maar zachtjes, alsof hij me geruststelde.

"Is dat alles wat je lichaam me kan geven, gara?"

"Ja." Ik kon niet ademen, kon niet denken. Ik was

buiten zinnen, mijn lichaam was niet van mij, het was van hem.

"Ja, wat?" Hij kneep zachtjes met zijn tanden aan mijn clitoris en ik kreunde, mijn lichaam een kronkelende massa van sterk geprikkelde zenuwen.

"Meester. Ja, meester." Hij was de meester van mijn lichaam, en nu, vreesde ik, ook meester van mijn hart. Ik vertrouwde hem. Door hem voelde ik me veilig en verzorgd, beschermd en aanbeden. Bij hem hoefde ik mijn verlangen of mijn vuur niet te verbergen, in zijn armen kon ik alles laten gaan. Ik kon vallen, en hij zou me opvangen.

"Van wie is jouw plezier, Eva?"

Was dit een strikvraag? Hij trok het speeltje in me er half uit, en duwde het toen langzaam weer naar binnen. Mijn heupen gingen uit eigen beweging in de richting van zijn mond. Mijn lichaam was als een fijn afgesteld instrument, en hij bespeelde me. "van jou, meester."

"Ja, van mij." Hij glimlachte, vlak voor hij de trillingen weer aanzette. "En ik zal je zeggen wanneer je genoeg hebt gehad." Tark wiebelde met het speeltje en viel met zijn mond mijn clitoris aan, hij zoog en neukte me met het speeltje totdat ik als een strijkstok omhoog boog van het bed, niet in staat om zijn mannelijke dominantie over mijn lichaam te weerstaan terwijl hij me naar een nieuw hoogtepunt dwong. Ik kon het niet uitschreeuwen, maar jankte toen mijn bevrijding kwam met de kracht van een tornado die door mijn lichaam raasde.

Voordat ik weer op adem kon komen, trok hij het speeltje uit mijn goed gebruikte lichaam en gooide het opzij. Op zijn knieën knielde Tark tussen mijn gespreide dijen. Hij pakte één van mijn handen, tilde die boven mijn hoofd en daarna de andere, en hield ze stevig op hun plaats terwijl hij ze vastbond met een dikke leren stropdas. Ik rukte aan de greep en wist dat hij me niet zou bevrijden. Hij zou me nemen zoals hij wilde. Mijn poesje klemde zich om de lege lucht, de pijn van mijn opwinding deed de lippen van mijn poesje trillen, op het ritme van mijn snelle hartslag. Ik had hem in me nodig, om me te vullen. Me tot de zijne te maken. Ik had zijn genot nodig, zijn bezit. Ik moest zijn wat hij wilde, hem geven wat hij wilde.

"Het is tijd om je nu te neuken."

Ik knikte met mijn hoofd, terwijl stille tranen uit mijn ooghoeken stroomden. De intensiteit van zijn bezetenheid, van zijn controle over mijn lichaam, van mijn bevrijding, overviel me en ik kon de tranen niet tegenhouden. Die tranen waren ik, mijn ziel, de emotionele dam die in mij openbarstte, hier, nu, in de veiligheid van zijn omhelzing.

Ik was van hem, lichaam en ziel, en zou hem niets ontzeggen. Hoewel het speeltje geweldig was geweest, was het niet Tark zijn penis geweest en ik verlangde naar zijn harde lengte die me wijd uitrekte. Ik had de verbinding nodig. Ik wilde hem zich zien inspannen, hem zichzelf zien verliezen in het genot dat alleen mijn lichaam hem kon geven. Ik moest weten dat hij van mij was.

Hij zette zich schrap en gleed in één vloeiende, lange beweging bij me naar binnen. Hij liet zich op zijn onderarmen zakken zodat zijn hoofd recht boven het mijne was en vulde me volledig. Ik was vastgepind, mijn handen veilig boven mijn hoofd, mijn heupen door de zijne in het zachte bed gedrukt. Ik kon me niet bewegen. Ik kon niets anders doen dan me door hem laten neuken.

Hij hield zich stil en mompelde: "Gara."

Hij liet zijn hoofd zakken en kuste me terwijl hij bewoog. Neuken en kussen. Hij was opmerkelijk zacht en dit... dit was iets meer. Dit was een bevestiging dat we bij elkaar hoorden. Hij had me zeker mijn plezier gegeven, maar ik wist - ik kon voelen - dat ik meer voor hem was dan alleen een vrouw om te neuken en voort te planten. Hij was veranderd, zelfs in de belachelijk korte tijd dat ik op Trion was. Zijn hardheid, de hoeken en vlakken van frustratie en kracht, waren zachter geworden. Ik had dat met hem gedaan.

Ik kon zijn zorgen verlichten, de last verlichten die op zijn schouders rustte als Hoge Raadslid. Op dit moment kon hij zich in mij verliezen, plezier en troost zoeken. Niet als Hoge Raadslid, niet als leider van zijn volk, niet als machtig man die veel mensen had die naar hem opkeken als leider.

Bij mij was hij gewoon Tark, de man. Zijn bewegingen veranderden van een zacht glijden en de zoete wrijving van zijn penis bracht me terug naar de rand van de bevrijding, alsof mijn verlangen een vonk was die weer aanwakkerde tot een fel vuur. Snel versnelde zijn tempo, alsof hij naar iets reikte. Ik begreep het.

"Tark. Laat los." Ik gebruikte zijn naam met opzet, om hem te laten weten dat hij zich op dit moment geen zorgen hoefde te maken over mijn bescherming. Hij kon zich overgeven aan het genot dat hij vond in mijn lichaam, in de bevrijding die ik hem kon geven.

Hij kantelde zijn hoofd omhoog en keek me aan. Zweet druppelde op mijn borst.

"Ik kan de controle niet verliezen. Ik verlies nooit de controle." Hij liep met zijn handen langs mijn armen en kneep in mijn polsen. "Ik wil je geen pijn doen," antwoordde hij, zijn heupen schuivend en kolkend.

Ik bracht mijn benen omhoog en drukte mijn knieën tegen zijn zij, zodat hij me nog dieper kon vullen.

Ik schudde mijn hoofd. "Dat doe je niet. Dat kun je niet."

Misschien was het mijn toon, of de blik op mijn gezicht, of de manier waarop mijn binnenwanden zich om zijn penis klemden, maar het masker viel weg. Zijn gezicht verhardde, zijn kaak klemde zich vast en zijn ogen sloten zich. Hij greep de achterkant van mijn knie in de holte van zijn elleboog, hield me schuin en drong bij me naar binnen. Ik schreeuwde het uit omdat hij me bijna te vol had gespoten, maar hij stopte niet.

"Ja," riep ik, om hem te laten weten dat ik het wilde. Dat wilde ik ook. Ik wilde alles van hem. Als we zo goed bij elkaar passen, kan ik het wel aan. Ik kon alles aan wat hij me gaf, ik moest hem accepteren, alles van hem. Ik moest hem behagen, hem gelukkig maken, me onderwerpen aan zijn verlangen. Ik ontmoette hem elke keer dat hij in me stootte; zijn greep op mijn been en mijn heup werd steviger en ik wist dat mijn wilde reactie hem naar de rand van zijn controle duwde. Het geluid van neuken vulde de tent, doortastend, beestachtig en nat.

"Ik wil een baby, Tark. Jouw baby. Geef het aan me," hijgde ik. Ik deed het. Ik wilde hem de baby geven waar hij naar verlangde, de baby waar ik naar verlangde, maar nooit aan gedacht had. Ik was geschokt door het idee om voort te planten, dat het belangrijkste doel van Tark was een vruchtbare vrouw te vinden die hem de erfgenaam kon geven die hij nodig had.

Maar dit was niet wat wij aan het doen waren. We waren niet aan het neuken op een ceremoniële stand. We werden niet bekeken of opgenomen voor het verwerkingscentrum van het bruidsprogramma. We waren gewoon een man en een vrouw die elkaar nodig hadden en onze verlangens toonden, onze reden van bestaan door op zo'n manier samen te komen. Ik was machtig. Ik kon Tark veranderen in een bronstig dier, gretig en wanhopig op zoek naar zijn bevrijding, totdat alles behalve het vullen van mij uit zijn gedachten was gewist.

"Alsjeblieft, Tark."
"Wil je het, gara?" gromde hij.
"Ja!"

"Wil je mij? Alleen mij? Blijf je bij me en word je mijn partner?"

Ik opende mijn ogen en hij staarde me aan. Mijn tepels bewogen tegen zijn borstkas door de manier waarop ik me oprichtte, mijn handen boven mijn hoofd.

Ik had nauwelijks iets van Trion gezien. Ik wist alleen dat Buitenpost Negen primitief was en midden in de woestijn lag. Was de rest van Trion ook zo? Waren alle mensen zoals Bertok of Mara? Ik wilde erachter komen, zolang Tark bij me was, aan mijn zijde.

Wat had de aarde voor me in petto? Er was geen gelijke. Geen Tark. De beslissing was eenvoudig.

"Ja."

Tark streek met zijn duim tussen ons in over mijn clitoris, één, twee keer, en ik kwam klaar.

Ik kromde mijn rug nog meer en schreeuwde het uit, voelde hoe Tark boven me verstijfde, me volspoot en zijn eigen bevrijding uitschreeuwde. Dik zaad schoot in me en vulde me tot over mijn oren. Gulzig klemde mijn lichaam zich vast en melkte de penis van Tark, hem diep naar binnen trekkend.

"Ja," zei ik.

" Verdomme, ja," antwoordde Tark, terwijl hij op adem probeerde te komen. Hij liet zijn bovenlichaam opzij zakken, zodat zijn zware gewicht niet op mij rustte, maar hield zijn penis diep ingegraven. De endorfine van al het neuken gaf me een euforisch en verzadigd gevoel. Toen ik Tark boven me voelde,

voelde ik me veilig en gekoesterd en zeer opgeëist. Hij maakte de band los die mijn polsen vasthield, streek met een hand over mijn wang en veegde de stille tranen weg die bleven vallen.

"Ik weet het, gara. Ik weet het. Je bent veilig bij mij." Hij wiegde me toen, en zo wild als ons neuken was geweest, was hij nu een zachte reus die me veilig hield in de storm van mijn eigen emoties. Ik kon niets meer tegenhouden, niet mijn verlangen, mijn genot, of de diepste, donkerste uithoeken van mijn hart en ziel. En daar, in zijn armen, vocht ik niet tegen mijn emoties, omdat ik dat niet hoefde. Het masker dat de maatschappij me dwong te dragen, was verdwenen. Hij had me uitgekleed en hield me beschermd en veilig in zijn armen.

"Beloof het me, Tark. Verlaat me nooit," zei ik tegen hem.

"Gara, jij bent degene die weggaat. Ik zal contact opnemen met onze contactpersoon bij het programma, kijken of er iets geregeld kan worden, zodat ik je naar de aarde kan vergezellen, en je veilig thuis kan brengen."

Ik verstijfde onder hem. "Werkelijk? Kun je dat doen?"

"Ik zal alles doen wat nodig is om je veilig te houden. Je bent van mij. Ik begrijp dat je moet doen wat eervol en juist is. Je moet terugkomen om je getuigenis af te leggen, maar ik sta niet toe dat je alleen tegenover een wrede moordenaar staat."

Met een gelukzalige zucht nestelde ik me tegen zijn

borst. Hoe ik zoveel geluk had gehad, ik had geen idee. Maar Tark was inderdaad de enige man met wie ik de rest van mijn leven zou kunnen doorbrengen. Hij was mijn perfecte partner.

Een licht gezoem klonk in de kamer en ik schudde mijn hoofd om het helder te krijgen toen een vreemde stem in de stilte sprak.

"Het transport protocol voor Eva Daily is geactiveerd."

De transportknobbel zoemde tegen mijn oor en ik kon de stem duidelijk in mijn hoofd horen. Had Tark het ook gehoord?

Tark gleed zijn penis uit mijn lichaam en rukte me op mijn knieën. "Wat was dat?" zei hij, alle zachtheid en genot van ons neuken verdwenen. Zijn zaad droop langs mijn dijen toen ik op het beddengoed knielde.

"Ik... ik denk dat het de transportknobbel was en ik word teruggestuurd naar de aarde."

Mijn hart begon te bonzen en Tark's handen grepen mijn bovenarmen.

"Nu? Je kunt niet gaan. We hadden net afgesproken dat je zou blijven." Hij keek wanhopig, alsof dit het enige was waar hij geen controle over had en hij er niets aan kon doen, hoezeer hij er ook tegen vocht of praatte.

"Ik wil bij jou blijven," zei ik, terwijl ik mijn armen om hem heen sloeg en hem stevig omhelsde.

"We kunnen de transporteur van je afnemen, hem uit je lichaam snijden."

Ik schudde mijn hoofd tegen zijn borst, de verende

haartjes daar zacht en kriebelig op mijn wang. "Ik moet de man opbergen. Het is een eerbaar iets om te doen."

"Ik weet wat eer is, Gara, maar het is gevaarlijk. Je hoeft deze moordenaar niet in je eentje te confronteren. We zullen contact opnemen met de autoriteiten op aarde en regelen dat ik met je mee ga."

"Ik denk niet dat daar tijd voor is. Ik zou veilig moeten zijn. Ik zal beschermd worden door de politie en de officieren van justitie. Zij zullen mij hun bescherming bieden," antwoordde ik.

Hij duwde me van zich af zodat hij me in de ogen kon kijken. "En toch hadden ze eerder geen vertrouwen in hun vermogen om je veilig te houden. Daarom hebben ze je hierheen gestuurd, naar mij."

"Dertig seconden tot transport."

"Tark, het gebeurt nu. Het spijt me. Ik hoopte dat hij zou begrijpen dat ik moest gaan. Ik moest alles goed maken op mijn wereld.

"Je hebt niets verkeerds gedaan," zuchtte hij, maar ik voelde de felheid in zijn greep. "Weet dit, Eva. Er is niemand in dit heelal voor mij, behalve jij. Dat weet je."

Ik knikte terwijl de tranen over mijn wangen drupten.

"Vijf."

"Ik zal je missen," zei ik tegen hem.

"Vier."

"Eva!" Zijn ogen verwijdden.

"Drie."

"Er is niemand op aarde voor mij," zwoer ik, terwijl ik op mijn knieën ging om hem te kussen.

"Twee."

Hij trok zich terug, zijn adem vermengde zich met de mijne. Hij krulde zijn hand om mijn nek, hield me dicht tegen zich aan. "Jij bent mijn partner, mijn hart."

" Eén."

"Meester," zei ik toen ik zijn aanraking niet meer voelde, zijn kruidige geur niet meer kon ruiken, hem niet meer kon zien.

Ik werd niet geleidelijk wakker uit het transport, zoals de eerste keer. Ik schrok wakker alsof ik een nachtmerrie had gehad en schrok met een zucht overeind.

"Goed, ze is wakker," zei iemand. Het was Tark niet.

Ik knipperde met mijn ogen en keek om me heen.

Ik was in een kleine kamer met een houten bureau en stoelen. Twee mannen zaten tegenover me en bestudeerden me aandachtig.

"Robert," zei ik, misschien meer tegen mezelf omdat ik hem herkende dan omdat ik blij was hem te zien. De officier van justitie droeg zijn gebruikelijke strakke pak en bekeek me aandachtig, zich misschien afvragend of het transport me misvormd of zonder ledemaat of misschien zelfs naakt zou hebben teruggebracht.

Ik hijgde en keek op mezelf neer. Ik kon de zucht niet helpen die ontsnapte toen ik zag dat ik een gewone witte blouse en rok droeg. Ik voelde de gebruikelijke schoenen met hakken aan mijn voeten, maar kon niet zien wat voor soort of kleur, omdat ze verborgen waren onder de tafel. Toen ik door mijn haar streek, ontdekte ik dat de wilde warboel netjes in model was gebracht en achter op mijn hoofd was opgestoken.

"Voel je je wel goed?" vroeg Robert. Ik wierp een blik op hem en de man naast hem.

"Sorry, Eva, dit is speciaal agent Davidson van de FBI. Hij heeft je transport van de planeet geregeld."

Ik knikte naar beide mannen. "Robert, ik... het is nog geen drie maanden geleden. Wat is er gebeurd?" Het was nog maar een paar dagen geleden dat ik naar Trion was gestuurd; het proces was toch niet zo ver vooruit geschoven?

Beide mannen fronsten hun wenkbrauwen. "Waar hebben je het over? Eva, het is al vier maanden geleden."

"Weet je zeker dat je in orde bent, mevrouw?"

Ik was in de war, mijn gedachten waren wazig. Ik was maar één, twee, drie, ja, drie dagen op Trion geweest. Hoe konden er vier maanden voorbij zijn gegaan? "Ik denk... Ik denk dat de tijd anders is op Trion."

"Je bent naar Trion geweest?" Roberts ogen lichtten op, gretig als een kind.

Ik knikte.

"Nou, hoe was het? Is het waar dat het matchingprogramma werkt?"

Ik dacht aan Tark en hoe ik enkele ogenblikken geleden - voor mij althans - in zijn armen lag. Ik omhelsde mezelf alsof ik hem nog steeds kon voelen, maar nee. Het was niet hetzelfde. Ik herkende de temperatuurregeling van de kamers in gebouwen op aarde. Op Trion, was de lucht, hoewel heet, niet overdreven. Het was... zacht.

Mijn armen drukten tegen mijn tepels en ik voelde de ringen en de edelstenen die Tark daar had aangebracht. Ze zaten er nog!

"Weet je zeker dat je in orde bent?" vroeg de FBI-agent.

"Ik ben net getransporteerd vanuit Trion, dus geef me even de tijd om me aan te passen. Ik zou aannemen dat ik de enige persoon ben die terugkeert, aangezien het programma traditioneel eenrichtingsverkeer is."

"Dat is zo," bevestigde de man. "We hebben jouw transport zo geprogrammeerd dat je in het gerechtsgebouw aankomt, zoals je kunt zien aan de kamer waarin we zitten, en je bent gepast gekleed voor de hoorzitting."

Dat verklaarde de ringen en de edelstenen. De man wist niet wat de Trion-gebruiken waren, wat Tark met me had gedaan, dus hij wist niet dat ze verwijderd moesten worden bij het terugtransport. Hij nam aan dat ik alleen de juiste kleding voor de rechtszaak hoefde aan te trekken, meer niet.

Ik was eigenlijk opgelucht, want de tepelringen, de edelstenen, waren alles wat ik nog van Tark had. Ik was aan de andere kant van het heelal en ik kon er niets aan doen.

"Het gaat wel. Als ik een glas water kan krijgen, dan kunnen we alles doornemen wat je wilt dat ik zeg. Daarna zou ik graag naar huis gaan."

Ik wilde huilen, maar ik slikte de tranen weg. Ik kon nu niet huilen, in het bijzijn van deze mannen. Ik kon ze niet laten weten dat ik gevallen was voor mijn match, dat ik op Trion wilde blijven. Het deed er nu niet toe. Ik zou het juiste doen, de man achter de tralies zetten, en dan zou ik weer aan het werk gaan en verder gaan met mijn leven.

Een week later was het proces voorbij. De man was schuldig bevonden en naar de gevangenis gestuurd. Zijn veroordeling zou in de komende maanden plaatsvinden, maar mijn deel was gedaan. Omdat ik in werkelijkheid Evelyn Day niet was, heeft mijn persoonlijk dossier nooit de valse veroordeling en mijn veroordeling tot het bruidenprogramma vermeld. In plaats van terug te keren naar mijn leven, zoals ik vermoedde - en mij was verteld dat dit zou gebeuren voor ik naar Trion vertrok - werd ik in het getuigenbeschermingsprogramma geplaatst. De bedreiging voor mijn leven was niet verdwenen toen het proces voorbij was. De man had een prijs op mijn hoofd gezet en ik was niet veilig.

De FBI agent dumpte me in een klein stadje in

Iowa met een nieuwe naam, niet in staat om geneeskunde uit te oefenen. Ik kreeg een baan als schoolbibliothecaris. Ik miste Tark heel erg, dag en nacht. Ik lag 's nachts in bed - in een vreemd nieuw huis - en speelde met de edelstenen aan mijn tepelringen. Wat ik ook deed, ik kreeg ze niet aan het trillen. Ik weigerde ze af te doen, want ze waren een deel van mij. Ik hoefde alleen maar gewatteerde beha's te dragen en voorzichtig te zijn in mijn shirtkeuze, zo kon niemand het weten. Ik was niet van plan ze te delen, want wat kon ik zeggen?

Ze waren van mij. Van mij en Tark, en ze waren privé. Mijn poesje was nog steeds kaal. Ik dacht eerst dat ik geschoren was, maar na de paar dagen op Trion en de tijd terug op aarde, was er niets van het haar tussen mijn benen teruggegroeid. Ik raakte mezelf daar aan en net als met de stimulatiebollen, hoe ik ook met mijn clitoris speelde, ik kon niet tot een hoogtepunt komen. Ik had Tark nodig.

Alle mannen op aarde leken zo klein, zo zwak in vergelijking. Ik gebruikte Tark als basis voor de perfecte man en geen enkele man die ik kende, ontmoette of in de supermarkt tegenkwam, voldeed daaraan.

Ik had geen vrienden in mijn nieuwe leven. Ik had geen familie, want mijn beide ouders waren gestorven toen ik jong was. Ik was alleen en verdrietig en ik had het gevoel dat er een stukje van mij ontbrak. Ik was dezelfde persoon die ik was geweest voordat ik getuige was van de moord, maar een stap terug - of van de planeet af - deed me inzien hoe mijn leven hier was geweest. En dat kale bestaan was ver verwijderd van wat ik wilde dat het was. Vóór Tark was werk mijn leven geweest. Toen ik de aarde verliet, had ik nauwelijks echte vrienden, geen familie.

Ik wilde Tark. Ik had hem zo hard nodig dat ik bereid was de aarde voor hem op te geven. Ik betastte mezelf, cirkelde met mijn vingers over mijn clitoris, verwarmde mijn lichaam terwijl ik aan mijn partner dacht, wensend dat het zijn hand en zijn mond op mij was. Zoals hij had gezegd, mijn plezier behoorde hem toe, dus toen ik me opgewonden voelde, schreeuwde ik wanhopig om zijn aanraking. Daarna stortte ik mijn hart uit.

Er moest iets gebeuren. Ik moest terug naar Tark en ik wist de juiste persoon om mee te praten.

"Kom binnen."

Op mijn geroep ging de klep open en werden Mara en Davish mijn tent binnengeleid. Mara zag er weer gezond uit. Haar wangen waren vol van kleur, haar haar als lange manen over haar rug. Haar jurk was vrij van bloed en het bescheiden gewaad dat ze erover droeg, schermde het grootste deel van haar lichaam af van mijn blik.

Niet dat dat nodig was. Niets aan de vrouw sprak me aan. Ze was aantrekkelijk genoeg en ze was Davish's partner, maar ik hield niet van haar slanke bouw, haar kleine borsten, de gebruikelijke norse uitdrukking. Ik wilde Eva.

Het was nog maar een dag geleden dat ze letterlijk door mijn vingers was geglipt, terug naar de aarde getransporteerd. Ik voelde me leeg en hol, alsof een deel van mij was losgerukt en met haar was meegenomen door de enorme ruimte die ons scheidde.

"Hoge Raadslid, we komen je partner hartelijk bedanken." Davish keek de kamer rond of hij haar zag. Als hij Mara uit de harem had gehaald, wist hij dat Eva er niet was.

"Gaat het goed met jullie beiden?" vroeg ik.

"Ja, hoge raad," fluisterde Mara terwijl Davish knikte.

"Goed. Hoewel jullie bezoek op prijs wordt gesteld, is mijn partner er niet."

Ze fronsten allebei verward hun wenkbrauwen.

"Ze is terug naar de aarde getransporteerd."

Mara keek geschokt. "Was het vanwege mij? Ik was... onaardig tegen haar." Ze zag er een beetje verlegen uit, schaamte zelfs. "Ik maakte haar boos, waardoor jij van streek raakte. Jouw ontkenning van haar is mijn schuld."

Ze liet zich op haar knieën zakken en boog haar hoofd.

Ik keek naar Davish, die zijn kaken op elkaar klemde bij het nieuws, dat duidelijk een verrassing voor hem was. Ik was niet blij te vernemen dat Mara Eva had gekwetst, maar het was niet aan mij om haar te straffen.

"Sta op," zei ik. Dat deed ze, maar ze hield haar hoofd naar beneden. "Ze werd niet vervoerd naar mijn wensen. Integendeel. Haar getuigenis was nodig om een man naar de gevangenis te sturen."

"Ze was geen moordenaar?" Vroeg Davish.

Ik schudde mijn hoofd.

Iets wat op bewondering leek, verlichtte zijn ogen. " Jouw partner is eervol," merkte Davish op. "Haar daden van gisteren waren daar een voorbeeld van. Een partner verlaten uit plichtsbesef is een ander voorbeeld. Ik zal het de raad vertellen."

Mara kneep haar handen samen. "Ze heeft mijn leven gered en ik zal haar voor altijd dankbaar zijn."

Het paar vertrok zonder verder commentaar, de tent was weer leeg. Ik zag de ceremoniële standaard in de hoek, het bed met de dekens die Eva's geur nog vasthielden. Ik liet mijn hoofd in mijn handen vallen en herbeleefde het gesprek dat ik een paar uur geleden had gevoerd. Ik had met succes contact opgenomen met de contactpersoon van het Interstellaire Bruidsprogramma voor Trion en kreeg ijskoud te horen dat als mijn partner ervoor had gekozen mij te verlaten, er niets was wat ze konden doen. Het was mijn schuld dat ik haar niet had verleid, dat ik haar niet had behaagd. Mijn naam zou weer op de lijst van beschikbare mannen van Trion komen te staan, onderaan de lijst, omdat ik een vrouw niet kon bevredigen.

Ik wilde door het communicatiescherm springen en de vrouwelijke officier met mijn blote handen wurgen. Ze suggereerde dat ik niet waardig was. Dat

Eva me verliet omdat ik niet goed genoeg was om haar te verdienen.

Misschien had die trut gelijk. Eva was weg. Als ik een betere partner was geweest, had ik Eva eerder ondervraagd, had ik tijd gehad om te voorkomen dat het transport haar zonder mij meenam. Als ik mijn instinct had gevolgd, het instinct dat zei dat ze geen moordenaar was, had ik haar de waarheid kunnen ontfutselen en regelingen kunnen treffen om haar te beschermen op haar reis naar de aarde en haar aan mijn zijde te houden.

Ik had gefaald als haar partner, maar haar korte aanwezigheid in mijn leven achtervolgde me. Herinneringen aan haar kwelden me overal waar ik keek, maar ze was weg. Voorgoed.

Ik gooide een kom met fruit tegen de muur, maar ik voelde me er niet beter door.

10

Ik was weer in de kleine kamer van het verwerkingscentrum, maar deze keer droeg ik geen gevangeniskleding en was ik niet vastgebonden. Warden Egara stond naast mijn verwerkingsstoel en wierp een blik op de FBI-agente die in een kleine plastic stoel in de hoek van de kamer zat. Haar pak was nu marineblauw, de insignes op haar borst waren nog steeds rood, bijna net zo rood als haar wangen. Warden Egara was duidelijk woedend op Agent Davidson.

"Is deze DNA-scan correct?" Ze trok haar wenkbrauwen op en fronste haar wenkbrauwen naar de FBI-agent. "Het DNA monster van deze vrouw staat al in ons systeem. Ze wordt niet verondersteld op aarde te zijn. Volgens onze gegevens is ze op dit moment op Trion, met haar partner. En haar naam is niet Eva Daily, het is Evelyn Day."

"Ja, het DNA klopt. Maar haar echte naam is Eva Daily." Hij had het verstand berouwvol te klinken.

"En hoe is deze vrouw naar de aarde teruggekeerd zonder toestemming van het Interstellaire Bruidsprogramma?" Ze sloeg haar armen over elkaar en ik zou zweren dat ze twee centimeter groter werd toen ze boven de zittende man uittorende. Toen Agent Davidson niet antwoordde, zette ze haar handen op haar heupen.

" Ben je je ervan bewust, Agent Davidson, dat door mij te misleiden, als officiële vertegenwoordiger van de interstellaire coalitie, en als hoofd van dit Interstellaire Bruidsprogramma verwerkingscentrum, ik een aanklacht tegen je kan indienen bij de interstellaire raad? Fraude en bedrog zijn misdaden op alle werelden, agent." Warden Egara leek klaar om zijn pistool van hem af te pakken en hem ter plekke dood te schieten. Ik sprong van de tafel om tussen hen in te gaan staan.

"Alstublieft, warden. Het matchingsproces was perfect. Het spijt me dat ik tegen je gelogen heb. Ik had geen keus. Maar nu, wil ik gewoon naar huis. Ik hoopte dat het verlangen en de oprechtheid van mijn verzoek haar zou overtuigen om me te helpen. Deze vreemde, formidabele vrouw had letterlijk mijn toekomst in haar handen. Zij was de enige die de macht had om me terug te sturen naar de man van wie ik hield. "Alstublieft. Help mij. Ik wil alleen maar naar hem terug."

" Je bent je ervan bewust dat deze keer, juffrouw Day, of Daily, of welke naam je deze week ook gebruikt," Warden Egara wierp de FBI-agente een vernietigende blik toe, "je niet naar de aarde zult kunnen terugkeren."

"Ja. Ik weet het. Ik wil hier niet zijn. Ik wil op Trion zijn, bij mijn partner."

De ogen van Warden Egara werden een beetje zachter en ik zag een glimp van de schoonheid die ze zou zijn als ze ooit zou glimlachen. "Het paringsproces is werkelijk wonderbaarlijk, Eva. Ik ben er vele malen getuige van geweest. Het is de reden waarom ik mijn bruiden zo fel bescherm. De krijgers die ons beschermen, die al het leven op de coalitie werelden beschermen, verdienen het om geliefd te worden. Ze verdienen het om echt geluk te vinden. En als iemand met mijn krijgers rotzooit, ben ik niet blij." Dit laatste richtte ze tot Agent Davidson, die het fatsoen had om te blozen.

"Mijn verontschuldigingen. Ik heb je al gezegd, ik zweer het, ik zal nooit meer jouw programma gebruiken om een bruid te verbergen. Je hebt mijn woord." De FBI agent hield zijn handen omhoog in volledige overgave. Ik had agent Davidson twee weken geleden gebeld en hem verteld dat ik terug wilde naar Trion. Eerst had hij niet begrepen waarom ik dat zou willen doen. Ik was geen gevangene en ik had zeker meer van mezelf gegeven dan enige andere getuige die hij ooit eerder had geholpen. Hij begreep het proces niet en zou het waarschijnlijk ook nooit begrijpen. Ook al had ik Tark meer dan eens geprobeerd uit te leggen welke band ik voelde, toch dwong hij me twee volle weken te wachten, erover na te denken, voor hij mijn verzoek zou inwilligen.

Het waren twee zeer lange weken van wachten geweest. Wetende dat hij me zou helpen terug te keren naar Trion en naar Tark, vervulde me met ongeduldige verwachting. Deze keer wist ik waar ik heen ging.

Deze keer wist ik bij wie ik zou zijn. Deze keer wilde ik gaan. Als Tark me over een ceremoniële standaard wilde buigen en me neuken voor de hele raad, vond ik het niet eens erg. Misschien een beetje, maar het zou een waardige prijs zijn om weer in zijn armen en in zijn leven te zijn.

"Alsjeblieft, Warden Egara. Stuur me naar huis." Ik fluisterde de woorden terwijl de vlinders in mijn buik dansten. Ik ging weer op de stoel zitten en wachtte ongeduldig tot de vrouw met het proces zou beginnen.

"We hoeven de tests niet opnieuw te doen, want die zijn al een keer gedaan. Maar het protocol eist dat ik vraag of je je gelijke wilt afwijzen en naar een andere krijger gestuurd wilt worden.

Ik kon het niet helpen, maar glimlachte. "Ik kies ervoor om mijn match met Hoge Raadslid Tark van Trion permanent te houden."

Agent Davidson hield zijn hoofd schuin en bestudeerde me. "Je houdt van hem." Het was geen vraag en hij zei het met een ondertoon van ontzag.

Knikkend antwoordde ik, "Dat doe ik. Ik kan met zekerheid zeggen, Warden Egara, dat jullie matching programma inderdaad erg goed is."

De vrouw was trots en ik kon zien dat ze me graag

vragen wilde stellen over mijn tijd op een andere wereld, maar haar werk ging voor. "Dat is goed om te horen." Ze keek omlaag naar het scherm dat ze vasthield en veegde er een paar keer overheen. " Je bent klaar voor transport naar Trion en bent permanent gekoppeld aan Hoge Raadslid Tark. Er zullen geen veranderingen worden toegestaan."

Ik grijnsde en greep de armleuningen van de stoel vast. Anticipatie zoals ik nog nooit had gekend stroomde door mijn aderen. Kom op, vrouw. Druk op die verdomde knop. "Nee. Er zullen geen veranderingen worden toegestaan."

"Tot ziens, Eva." Agent Davidson gaf me een geruststellend knikje.

Warden Egara duwde de verwerkingsstoel in de richting van de muur, maar deze keer was ik opgewonden toen ik de kleine kamer naast me zag verschijnen. Ik verwelkomde de beet van de naald in mijn nek en het felle blauwe licht dat betekende dat ik terugging naar Trion. Ik keek om en ving Warden Egara's blik. " Bedankt."

Ze glimlachte zowaar. " Je transport begint over drie, twee, één."

"Hiermee is de bijeenkomst van de raad beëindigd. We zullen volgend jaar weer bijeenkomen. In die tijd, goede reis en vrede in jullie regio."

Ik stond op en de mannen voor mij ook. Ook al

hadden we een week samen aan de agenda gewerkt, de raadsleden stonden en praatten wat. Ik wilde alleen maar weg uit Buitenpost Negen. Het bevatte alleen herinneringen aan Eva. Ik zag haar overal waar ik kwam. En omdat ik wist dat ze geen moordenaar was, maar een genezer, stopte iedereen me om naar haar te vragen. Ik dwong Goran eindelijk een bericht op te hangen over Eva's terugkeer naar de aarde, zodat ik het niet steeds hoefde te herhalen.

Waarschuwingssignalen kwamen van de communicatie-units van de bewakers. Iedereen bevroor op zijn plaats, in afwachting van een bericht over het gevaar.

"Een transport, Hoog Raadslid." De hoofdbewaker kwam naar me toe en keek toen naar zijn eenheid. "Ongepland."

"Oorsprong?" vroeg ik. Terwijl de bewakers zich konden verdedigen tegen aanvallers op Trion, was het veel moeilijker een buitenpost te verdedigen tegen transportaanvallen rechtstreeks van andere werelden.

" Aarde."

De man keek naar me op en ik wist wat hij dacht.

"Eva," mompelde ik. "Dat moet wel."

"Er zijn geen matches geregistreerd van die planeet. Ik geloof dat je gelijk hebt."

"Hoe lang?" vroeg ik, terwijl ik al naar het enige transportplatform van de buitenpost rende. Het was dichtbij.

"Dertig seconden." De bewaker rende naast me, de rest volgde achter me.

Ik zou het in tien halen. "Zet jullie wapens op verdoven. Als het mijn partner blijkt te zijn, wil ik niet dat iemand haar neerschiet."

De bewaker knikte en ik wierp een blik op de anderen.

"Achteruit," bulderde ik. "Niemand beweegt tot we het transport hebben beoordeeld."

Hoop zwol in mijn borst toen ik in de tent bleef staan en naar de lege plek voor me keek. Langzaam materialiseerde zich een lichaam en het was inderdaad Eva. Uitgespreid op het donkerzwarte transportkussen leek ze te slapen, ze zag er... verdomme, ze zag eruit als het meest verbazingwekkende ding dat ik ooit had gezien.

De twee bewakers die achter me waren binnengekomen, gingen staan en legden hun wapens weg. Ik knielde naast haar en nam haar in mijn armen. Ze droeg de onderjurk en verder niets. Met haar tegen mijn borst gedrukt, kon ik de ringen in haar tepels voelen en de edelstenen die ik er had ingedaan voor ze naar de aarde terugkeerde.

Het zachte gevoel van haar, de geur van haar huid, het zijdeachtige gevoel van haar haar, verdomme, het was moeilijk te geloven dat ze in mijn armen was. Ik dacht dat ik haar nooit meer zou zien en toch... hoe was ze in staat geweest terug te keren?

Ik droeg haar terug naar de hoofdtent, gretig om het goede nieuws te delen. Ik wist niet zeker wat ik van de aanwezigen kon verwachten, maar in plaats van minachting of vijandigheid op de gezichten van de raadsleden, keken ze allemaal blij en misschien zelfs verbaasd over haar terugkeer.

Ik streek haar haren uit haar gezicht, praatte tegen haar, fluisterde in haar oor en wachtte tot ze wakker werd. De laatste keer had het uren geduurd, dus ik moest aannemen...

"Tark?" mompelde ze, terwijl ze zich in mijn armen bewoog.

"Shh, gara, ik heb je."

Haar ogen gingen open bij het horen van mijn stem en ze staarde me aan, haar lichaam verstijfde. "Tark!" herhaalde ze terwijl ze haar armen om me heen sloeg en me stevig vastpakte.

Hoewel ik gefluister om ons heen kon horen, was mijn aandacht alleen op mijn partner gericht.

"Je bent teruggekomen," fluisterde ik in haar oor.

Ze knikte tegen mijn borst.

"Mag ik er zeker van zijn dat het goed met haar gaat, Hoog Raadslid?" vroeg dokter Rahm, die op een respectabele afstand stond.

"Gara, wil je de dokter laten verzekeren dat je in orde bent na je transport?"

Ze verstijfde. "Niet nog een sonde."

"Nee. Geen sondes. Ik zal je de hele tijd vasthouden. Je bent niet één keer voor mij door het heelal gereisd, maar twee keer."

"Goed dan."

Ik gaf een lichte hoofdknik en Dokter Rahm hield een sensor omhoog en bewoog hem boven haar lichaam. Hij raakte haar niet aan, keek zelfs niet naar haar, alleen naar het scherm op de Medische Unit. Zijn ogen verwijdden zich, deden toen nog een pas, en draaiden het toen naar mij toe. Ik las de display en mijn hart sprong in mijn keel. Trots vervulde me en mijn borst deed pijn.

" Gara," gromde ik.

"Hmm," mompelde ze.

"Jij... jij bent..." De woorden bleven in mijn keel steken.

"Ja."

Ik wilde niet dat dit moment, toen ik ontdekte dat mijn partner mijn kind droeg, door iemand gedeeld zou worden. Eerst moest ik nog een kamer vol raadsleden afhandelen, en daarna had ik haar voor mezelf. De vergaderingen waren voorbij. We zouden Buitenpost Negen verlaten zodra ze fit genoeg was om te reizen. Nu ze zwanger was, wilde ik haar meer dan ooit veilig in het paleis hebben.

"Ik voel me goed, Tark. Alsjeblieft, laat me staan."

Voorzichtig zette ik haar op haar voeten, maar hield een bezitterige greep om haar middel. Ze legde haar hoofd tegen mijn zij en ik dwong mezelf van haar weg te kijken en naar de anderen in de tent.

"Vrouwe raadsheer," zei raadsheer Roark, terwijl hij voor haar op één knie zakte. Het was de traditionele houding van respect en eer bij het aanbieden van trouw. Alle leden van de Raad boden mij die aan bij de dood van mijn vader en tijdens mijn inhuldiging.

"Vrouwe raadsheer," herhaalden de andere leden

samen, terwijl ze zich ook voor haar op één knie lieten zakken.

Eva wierp een blik op hen en toen op mij. "Ze geven je hun respect."

"Maar..."

"Wij zijn blij met je terugkeer, vrouwe raadsheer."

Commotie bij de ingang van de tent draaide ieders hoofd om. Davish stapte met Mara naar binnen. De vrouw rende naar het podium en viel ook op haar knieën.

"Het spijt me, Eva..."

"Vrouwe raadsheer," adviseerde Roark.

Mara likte haar lippen en keek berouwvol. "Vrouwe raadsheer, het spijt me heel erg hoe ik je behandeld heb. Ik sta bij je in het krijt omdat je mijn leven hebt gered." Mara klonk berouwvol, zag er zelfs zo uit, maar ik wist dat ze dubbelhartig was.

"Ik heb je behandeld zoals ik ieder ander zou behandelen, hier op Trion of op aarde. Ik hoop dat je levensschuld niet de enige reden is dat je nu je vriendschap aanbiedt. Ik hoop dat elke vriendschap vrijwillig wordt gegeven. Ik ken niet veel vrouwen hier op Trion en ik zal vrienden nodig hebben die ik kan vertrouwen."

Mara keek verbaasd naar de woorden, maar ik begreep ze. Eva had de mensen om haar heen nodig, de mensen die om haar zouden geven, om te weten wie ze werkelijk was. Ze wilde niet dat Mara uit dankbaarheid of schuld op de knieën ging. Er vormde zich een glimlachje om Mara's mond, voor één keer leek het zonder kwaadaardigheid gegeven. "Ja, vrouwe, dat zou ik graag willen."

"Dan moet je me Eva noemen."

"Genoeg," zei ik. "Ik neem aan, Raadslid Bertok, dat er geen behoefte is aan nog een ceremoniële vrijpartij?" Aangezien Eva mijn kind al droeg, zou de oude bastaard zijn plezier elders moeten zoeken.

De oudere man keek naar de grond. "Nee, Hoog Raadslid. Er is geen twijfel dat zij de rechtmatige vrouwe is."

Ik knikte. "Goed. Nu dokter Rahm haar uit haar transport heeft gehaald, zullen mijn partner en ik jullie vaarwel zeggen. Goede reis allemaal als jullie terugkeren naar jullie thuislanden."

Velen van de aanwezigen mompelden antwoorden, maar ik sloot Eva in mijn armen en ontvluchtte de groep, bijna rennend naar mijn tent. Eva was teruggekeerd, haar buik gevuld met mijn kind, en ik wilde haar helemaal voor mezelf. Voor altijd.

"Hoe ben je bij me teruggekomen?" vroeg Tark zodra hij me op zijn bed had gelegd. Ik pakte zijn hand en trok hem met me mee naar beneden toen hij een stap achteruit zou hebben gedaan. Ik wilde geen ruimte. Ik wilde hem voelen, hem ruiken. Ik wilde... alles.

Ik had weken naar hem verlangd terwijl ik wachtte op Agent Davidson om mijn transport af te ronden.

Terwijl hij naast me zat, vertelde ik Tark alles over m'n tijd op aarde.

Ik huiverde toen ik over het proces sprak en hoe ik me voelde toen ik in de ogen van een moordenaar keek. Ik vertelde hem hoe eenzaam ik was geweest zonder hem, en hoe ze hadden geprobeerd me een lege huls van een leven in getuigenbescherming te geven. Ik beschreef de details van mijn eenzame en erg lege appartement. Ik vertelde hem over Warden Egara's schijnbaar eindeloze lijst van vragen terwijl we wachtten op de DNA resultaten om mijn verhaal te bevestigen.

Ik had haar eerlijk beantwoord, vooral toen ze me vroeg naar mijn overeenkomst met Tark. Ik wilde iedereen laten weten dat het matchprogramma van het bruidsprogramma echt werkte. Ik had zelfs toegestemd om een kleine reclame voor het programma te filmen voordat ik vertrok. Warden Egara was wanhopig op zoek naar meer bruiden van de aarde, bij voorkeur meer vrijwilligers, geen criminelen. Ze was ervan overtuigd dat de strijders die de aarde beschermden, echt geluk verdienden en waardige vrouwen als partner.

Toen ik naar mijn partner keek, voelde ik me helemaal gelukkig met alles wat ik in die opnamesessie had gezegd, en ik hoopte dat één of ander gelukkig meisje van de aarde een kans zou wagen op liefde op een andere wereld.

"Wist je van de baby toen je... wegging?" Hij keek naar mijn lichaam alsof ik een breekbaar stuk glas was, misschien bezorgd dat hij mij of de baby pijn zou doen.

"Nee. Alleen toen ze me beoordeelden voor transport." Ik pauzeerde.

Hij hield zijn hoofd schuin en zakte op zijn knieën voor me.

"De eerste keer liet ik het matchingsprogramma beslissen,' zei ik. "Deze keer heb ik jou, Hoge Raadslid Tark van Trion, aangewezen als mijn permanente partner. Geen proefperiode. Geen verwerking. Je komt nooit van me af. Deze keer, heb ik je opgeëist, Tark. Je bent voor altijd van mij."

"Oh, Eva," kreunde hij en trok me naar zich toe voor een kus. Het was ruw en wanhopig en vol van warmte en liefde en ik had het allemaal zo, zo hard nodig.

"Ik heb je gemist," mompelde hij tegen mijn mond. " Verdorie, het was alsof mijn hart uit mijn borstkas werd gerukt toen je transporteerde."

"Tijd is anders op aarde. Terwijl ik hier maar een paar dagen was, was het op aarde al vier maanden. Tark, we waren weken van elkaar gescheiden.

"Het was gisteren nog," zei hij nadenkend. "Dat was lang genoeg."

"Het was een marteling."

"Oh, gara. Je bent nu hier en ik zweer dat ik je nooit meer zal laten gaan."

"Over die ceremoniële eerste vrijpartij," zei ik, op mijn lip bijtend.

Hij trok één van zijn donkere wenkbrauwen op en grijnsde.

"Ja?"

"Ik denk dat nu ik weg ben geweest en terug ben gekomen, er misschien nog eentje nodig is."

"Wil je dat ik Goran roep om te getuigen? De raad?"

Ik schudde mijn hoofd en ging op mijn knieën zitten, pakte de zoom van mijn onderjurk en tilde die boven mijn hoofd.

Een geluid dat op een grom leek barstte uit de borst van Tark. In plaats van op me af te stormen, zoals ik misschien had verwacht - ik wilde hem bespringen - stak hij zijn hand uit en streek over de edelsteen op mijn linker tepel.

"Je borsten zijn groter. Ik zou de waarheid over je zwangerschap te weten zijn gekomen door alleen maar naar je lichaam te kijken."

Het idee dat de man mijn borsten zo goed kende, bevestigde onze match alleen maar verder. Die gedachtengang ging snel verloren toen hij ze vastpakte en met zijn duimen over mijn nu tere topjes bleef gaan.

"Het werkte niet," zei ik, pruilend. Toen hij fronste, voegde ik eraan toe: "De vibratie."

"Bedoel je dit?" Hij zwaaide met zijn hand over mijn borsten en de edelstenen begonnen te trillen.

"Oh, ja," riep ik, terwijl ik mijn borsten in zijn handpalmen drukte.

Hij knielde op het bed en dwong me achterover te leunen, toen kwam hij boven op me liggen. Hij kuste me, lang en diep.

"Ik wil je neuken." Hij drukte zijn penis tegen mijn lichaam. "En de baby dan?"

"Denk je dat mij neuken de baby pijn zal doen?"

Hij leek zo onzeker van zichzelf, zo kwetsbaar. Hij was de baas in de slaapkamer, maar op dit moment, was de baby dat. Hij mocht dan dominant zijn, me vastbinden en billenkoek geven, maar hij zou me nooit pijn doen.

Ik voelde hoe graag hij me wilde, ik zag het in zijn ogen, ik hoorde het in zijn stem, ik voelde het in zijn kus, maar hij was bereid zich op te offeren voor zijn kind.

"Als dokter kan ik je verzekeren dat neuken geen kwaad kan voor een ongeboren kind. Ik verschoof me en Tark liet me overeind komen. Ik reikte over het bed om zijn kleine kist te zoeken. Het stond precies waar het had gestaan voordat ik wegging. Ik vond het speeltje dat ik wilde en keek hem over mijn schouder aan.

"Of je kunt dit gebruiken." Was ik te voorbarig? Zou hij geschokt zijn door mijn vrijpostigheid? Ik was voor hem door het heelal gekomen. Ik was niet van plan om nu iets achter te houden. "Misschien vind je het minder erg om me hierheen te brengen."

Zijn vernauwde blik gleed over mijn rug en landde op mijn billen.

"Wil je dat ik je kont neuk, Gara?"

Het idee deed mijn tepels nog harder worden. Ik kon mijn nattigheid tussen mijn benen voelen en mijn dijen waren er glibberig van.

"Misschien niet nu, maar je kunt me voorbereiden."

Zijn ogen werden onwaarschijnlijk zwart en zijn kaak klemde zich samen. Ik kon zijn penis tegen de voorkant van zijn broek zien drukken. Hij ging naast het bed staan en kleedde zich uit. "Pak de olie," beval hij.

Met gretige vingers reikte ik terug in de kist en vond een flacon met de amandelgeurige olie. Ik goot een beetje op mijn vingers en zette het potje naast het speeltje op het bed.

Met mijn vingers tegen elkaar wrijvend, warmde ik het op en de geur waar ik geobsedeerd van was geworden, dreef naar mijn neus. Amandelen. Ik smeerde één harde tepel in, toen de andere, met de glinsterende vloeistof. Tark stopte en staarde naar me, keek naar mijn vingers.

"Ik droomde van deze geur toen ik weg was," zei ik.

Tark pakte mijn heupen vast en draaide me op mijn rug. Hij spreidde mijn dijen en nestelde zich ertussen. Zijn adem blaasde over mijn poesje. "Ik droomde van deze geur, deze smaak, terwijl je weg was."

Hij liet zijn hoofd zakken, zette zijn mond op me, en liet me klaarkomen. Het duurde niet lang, want ik verlangde naar een door Tark teweeggebracht orgasme en hij was gulzig.

Ik lag bezweet en slap, mijn benen wijd gespreid en mijn vingers verstrengeld in zijn donkere haar. Ik had geen schaamte, geen bescheiden botje meer in mijn lichaam. Hij kwam over me heen staan om een zachte kus op mijn nog platte buik te geven.

Hij hield zijn hoofd schuin. "Rol om, Eva."

Ik voldeed gretig. Met een hand om mijn middel

trok hij me naar achteren en omhoog, zodat mijn kont hoog en recht voor hem zat. Hij reikte naar het flesje olie en scheidde mijn billen. Ik voelde de langzame, warme stroom toen druppel na druppel olie op mijn achteringang viel. Met zijn duim draaide hij langzaam en voorzichtig rondjes, terwijl hij me in de gaten hield.

"Deze keer ga ik niet weg," zei ik.

Zijn duim stopte, maar bewoog niet. Ik wiebelde onder zijn handpalm en spoorde hem aan. Ik reikte omhoog en raakte mijn oor aan. Er zat nu een inkeping in het bot van mijn schedel, waar eerst de transportknobbel had gezeten. "Zie je, het is er niet, Tark. Hij is weg. Ik ga niet terug naar de aarde. Nooit meer."

Heel even zag ik angst op zijn gezicht, maar toen ik me weer tegen hem aandrukte, werd die vervangen door een blik zo vol warmte dat ik mijn adem inhield.

Zijn hand ging omhoog en raakte toen mijn billen. Ik schokte bij het contact. "Tark!"

"Ik was zo kwaad." Hij begon me serieus te slaan, de ene kant en dan de andere. Het was niet het hardste pak slaag dat hij me ooit gegeven had, maar het scheelde niet veel. Ik bleef op mijn onderarmen liggen en hield me stil, zodat hij zijn opgekropte frustratie kon loslaten. Ook ik had deze ruwe behandeling nodig, had de focus nodig die het pak slaag me gaf. Ik genoot van zijn aandacht, voelde elke prikkende klap en dacht alleen maar aan de volgende. Het was een korte billenkoek en toen hij klaar was, pakte hij mijn billen met beide handen en streelde de warme huid. Ik voelde mijn poesje druipen van behoefte.

Terwijl ik over mijn schouder naar hem keek, zei ik: " Je hebt me gestraft omdat ik wegging, meester. Welke beloning krijg ik van je voor mijn terugkomst?"

Zijn ogen vernauwden zich en hij klemde zijn kaak op elkaar. Hij hield het speeltje omhoog.

"Dit, dan dit." Hij legde het speeltje op mijn onderrug, net als bij het U-speeltje voor ik wegging, pakte zijn penis vast en begon hem te strelen. Helder voorvocht droop uit het topje en gleed langs de opgezwollen eikel naar beneden. Ik likte mijn lippen, wilde het proeven. Ik had nog niet de kans gehad, maar we zouden de rest van ons leven hebben.

Hij pakte het flesje olie, plaatste de opening ervan bij mijn ingang en bracht het voorzichtig in. Ik voelde hoe de warme olie me langzaam, dieper en dieper vulde. Toen hij klaar was, gooide hij het lege flesje opzij en pakte het speeltje, smeerde het in met olie op zijn hand voordat hij het tegen mijn achteringang drukte.

"Relax, gara. Braaf meisje." Hij was zacht, maar volhardend, maar mijn lichaam vocht er ook tegen. Ik was het niet gewend dat iets me daar uitrekte en ik klemde me vast. Hij probeerde en probeerde, maar het was te veel.

Ik ademde hard en ik had mijn gezicht in de dekens begraven. Tark stopte met proberen het speeltje in me te werken en liet het tegen me rusten. En toen, zette hij het aan.

"Wat dacht je van nu?"

Natuurlijk trilde dat verdomde ding. Alles op Trion vibreerde... en ik vond het allemaal lekker.

Ik hijgde bij het voelen, de trillingen van het object bewogen door mijn lichaam en brachten zenuwuiteinden tot leven. Het vermengde zich met de pijnlijke hitte die uit mijn geslagen billen straalde. Ik ontspande me en Tark schoof het speeltje naar binnen tot de eerste bolvorm in me verdween. De sensatie was vreemd, en opwindend, en zo ondeugend dat mijn poesje natuurlijk nog natter werd. Hijgend kromde ik nu mijn rug en keek over mijn schouder naar Tark. Ik wilde hem ook in mij. Nu meteen.

Hij duwde mijn dijen wijd en spreidde me open. "Je bent zo nat, gara. Mijn penis verlangt ernaar om in je te komen."

Ik schreeuwde het uit bij het gevoel van zijn vingers in mijn poesje en de vibrerende top van het speeltje in mijn kont. Terwijl hij me bleef strelen, werkte hij het speeltje verder en verder naar binnen tot het helemaal zat. Tark gaf er een rukje aan om er zeker van te zijn dat het goed zat voordat hij me op mijn rug draaide.

"Tark!" riep ik toen de onderkant in me stootte.

"Ik geloof dat het woord dat ik van die pruillipjes moet horen meester is."

Gebruik makend van zijn knieën om mijn eigen breder te maken, nestelde hij zich in de vorm van mijn heupen, zijn pik duwend tegen mijn ingang.

"Heb je jezelf aangeraakt toen je weg was?" Hij duwde me naar voren, spreidde me wijd, rekte me open.

Mijn ogen vielen dicht en ik kreunde.

"Heb je dat gedaan?" herhaalde hij, zijn stem ruw als gemalen stenen.

"Ja!" schreeuwde ik, want hij trok zich terug en stootte diep, me eindelijk vullend zoals ik het nodig had.

Hij gaf me een opdracht. "Ik dacht dat jouw plezier aan mij toebehoorde, gara."

"Dat is ook zo," hijgde ik. "Ik kon niet komen. Ik kon niet komen zonder jou. Ik dacht aan jou. Aan dit, aan je penis in mij en ik probeerde het, maar niets hielp. Oh, God, het is zo goed."

Ik was nog nooit zo gevuld geweest. De combinatie van het speeltje en Tark's enorme penis was genoeg om me in een paar stoten naar de rand van de afgrond te brengen. Ik was te lang te behoeftig geweest.

Hij praatte tegen me toen ik klaarkwam, vertelde me hoe mooi ik was, dat hij ook klaar wilde komen als hij me zag klaarkomen.

Toen het vurige genot wegebde, zei hij: "Ik kan niet langer wachten. Verdomme, de vibratie is te veel. Je bent te veel." Hij leunde voorover en kuste mijn nek, likte de zweterige huid daar, wreef met zijn borst tegen mijn gevoelige tepels.

Zijn heupen bewogen sneller en uitzinniger. Ik zou weer klaarkomen, zoals hij mijn clitoris bij elke diepe stoot raakte. "Tark, meester... alsjeblieft!"

"Nog één, Eva. We zullen samen komen."

Terwijl hij mijn kont vastpakte, voelde ik de pijn van zijn handpalmen tegen mijn pijnlijke vlees. Hij hield me schuin en stootte hard naar binnen, wreef over een plek in me die me deed klaarkomen. Tark kreunde toen ik zijn lul molk en kneep. Zijn geschreeuw was luid in mijn oor, maar dat kon me niet schelen. Hij was zwaar op me, maar ik genoot van het zware gewicht. Ik voelde me er veilig door, en beschermd, en totaal geliefd.

Hij tilde zijn hand op en de trillingen in mijn kont en op mijn tepels stopten. Ik zou moeten leren hoe hij dat deed. Het was als bij toverslag. Het voelde als magie, die band tussen ons.

Toen Tark genoeg hersteld was om zich terug te trekken, gleed zijn zaad uit me. Hij haalde een vinger door zijn kleverige zaad terwijl hij het speeltje uit me trok. Ik slaakte een zucht toen ik het voelde, maar miste het toen het weg was.

"Je bent van mij, gara."

Hij liet zijn hoofd zakken, kuste me. Genoot van me. Proefde me.

Toen hij zijn hoofd optilde, ontmoette hij mijn blik. Ik streek de haarlok van zijn voorhoofd en keek hoe het terugviel op zijn plaats.

"En jij bent van mij. Tark. Hoge Raadslid. *Meester*."

OOK DOOR GRACE GOODWIN

Interstellair Bruidsprogramma

Overmeesterd door Haar Partners

Interstellair Bruidsprogramma : De Beesten

Vrijgezellen Beest

Een dienstmeisje voor het Beest

De schoonheid en het beest

Starfighter Training Academy

De eerste Starfighter

ENGELSTALIGE TITELS VAN GRACE GOODWIN

Starfighter Training Academy

The First Starfighter

Starfighter Command

Elite Starfighter

Interstellar Brides® Program: The Beasts

Bachelor Beast

Maid for the Beast

Beauty and the Beast

The Beasts Boxed Set

Interstellar Brides® Program

Assigned a Mate

Mated to the Warriors

Claimed by Her Mates

Taken by Her Mates

Mated to the Beast

Mastered by Her Mates

Tamed by the Beast

Mated to the Vikens

Her Mate's Secret Baby

Mating Fever

Her Viken Mates

Fighting For Their Mate

Her Rogue Mates

Claimed By The Vikens

The Commanders' Mate

Matched and Mated

Hunted

Viken Command

The Rebel and the Rogue

Rebel Mate

Surprise Mates

Interstellar Brides® Program Boxed Set - Books 6-8

Interstellar Brides® Program Boxed Set - Books 9-12

Interstellar Brides® Program Boxed Set - Books 13-16

Interstellar Brides® Program Boxed Set - Books 17-20

Interstellar Brides® Program: The Colony

Surrender to the Cyborgs

Mated to the Cyborgs

Cyborg Seduction

Her Cyborg Beast

Cyborg Fever

Rogue Cyborg

Cyborg's Secret Baby

Her Cyborg Warriors

The Colony Boxed Set 1

The Colony Boxed Set 2

Interstellar Brides® Program: The Virgins

The Alien's Mate

His Virgin Mate

Claiming His Virgin

His Virgin Bride

His Virgin Princess

The Virgins - Complete Boxed Set

Interstellar Brides® Program: Ascension Saga

Ascension Saga, book 1

Ascension Saga, book 2

Ascension Saga, book 3

Trinity: Ascension Saga - Volume 1

Ascension Saga, book 4

Ascension Saga, book 5

Ascension Saga, book 6

Faith: Ascension Saga - Volume 2

Ascension Saga, book 7

Ascension Saga, book 8

Ascension Saga, book 9

Destiny: Ascension Saga - Volume 3

Other Books

Their Conquered Bride

Wild Wolf Claiming: A Howl's Romance

OVER DE AUTEUR

Grace Goodwin is een USA Today en internationale bestseller auteur van Sci-Fi en Paranormale romans met bijna een miljoen verkochte boeken. Grace's titels zijn wereldwijd verkrijgbaar in meerdere talen in ebook, print en audio formaat. Twee beste vriendinnen, de een met een linkerhersenhelft, de ander met een rechterhersenhelft, vormen samen het bekroonde schrijfduo dat Grace Goodwin is. Ze zijn allebei moeder, liefhebbers van escape rooms, fervente lezers en onverschrokken verdedigers van hun favoriete drankjes. (Er is vaak een thee versus koffie oorlog aan de gang tijdens hun dagelijkse communicatie). Grace hoort graag de mening van lezers.

Mis geen enkel boek van het fenomeen Grace Goodwin, internationaal bestseller auteur en de koningin van science fiction en paranormale romance.

www.ingramcontent.com/pod-product-compliance
Lightning Source LLC
LaVergne TN
LVHW011822060526
838200LV00053B/3876